ブギーポップは呪われる
上遠野浩平 Kouhei Kadono
イラスト●緒方剛志 Kouji Ogata
「君は呪いを誰に掛けてる？」

授業では真面目なふり
南野梨杏
皆の前では馬鹿のふり
向居準一
力抜いてやってるふり
木下哲也

退屈ぶって平気なふり
河上睦郎
理不尽を見て見ぬふり
臼杵未央

末真和子
生成亮
知ったような顔をして、君は
世界の裏の秘密を知ってる？
真実はひとつだと信じてる？
繋がれた鎖を自覚できてる？
陰で誰かに馬鹿にされてる？

カチューシャ
我慢するのを妙に慣れてる？
意味もなくイライラしてる？
余計なことばかり考えてる？
誰かの呪いに支配されてる？
何も証明できやしない、僕は

霧間凪
炎の魔女は燃えているか
悪の運命に抗っているか
凡俗に流されていないか
哀しみに潰されてないか
毒に侵略されていないか
虚無を隠してはいないか
まだ闘志は輝いているか
影の寒さを知っているか

ギノルタ・エージ

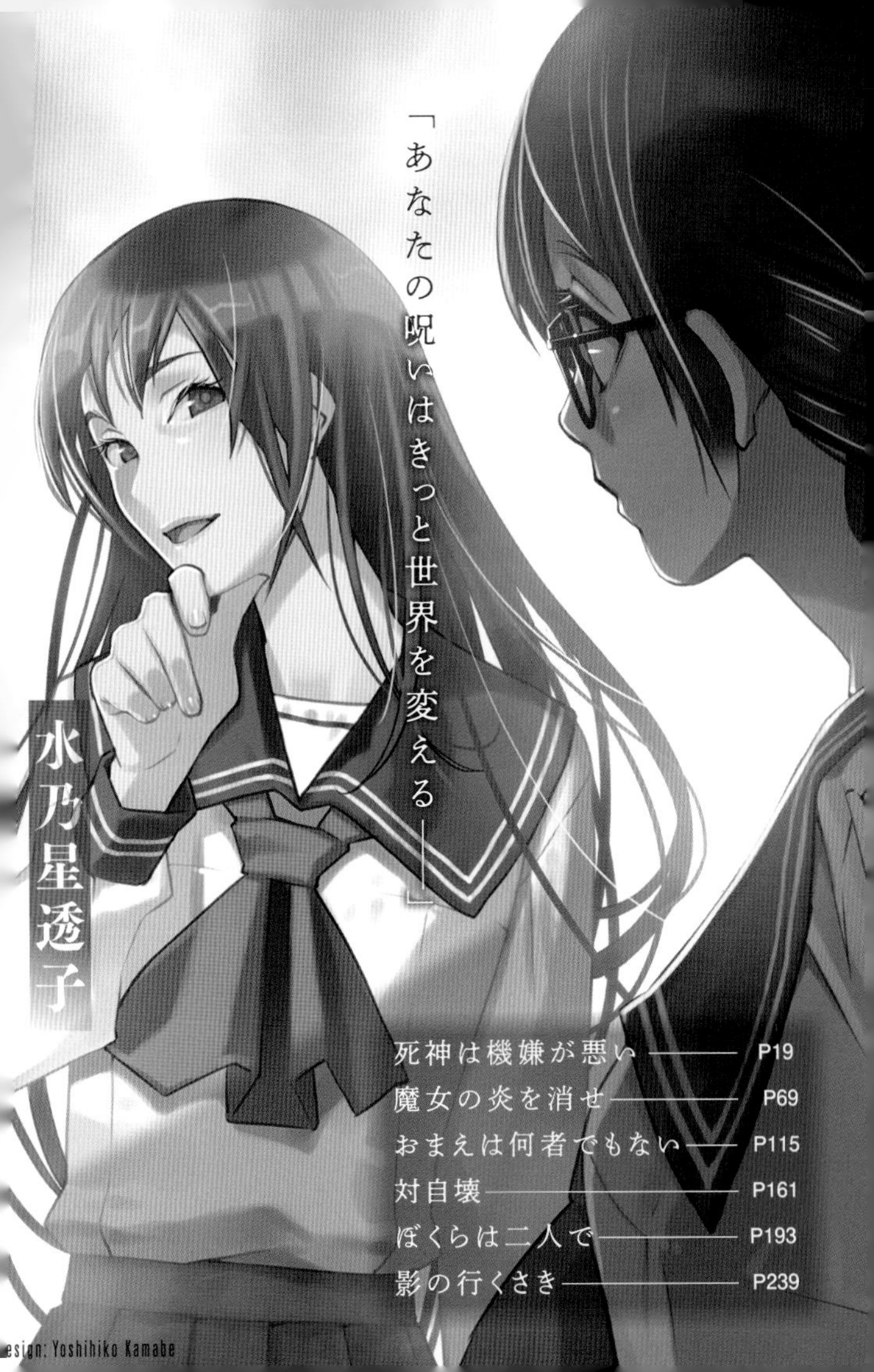

「あなたの呪いはきっと世界を変える──」
水乃星透子

esign: Yoshihiko Kamabe

『人は誰かを呪うとき、心の中に死神を呼び寄せている。
その死神は影となり、いずれ己の心を喰らい破る牙となって……』

——霧間誠一〈回帰する呪詛〉——

末真《すえま》和子《かずこ》は、一度だけ生前の水乃星《みなほし》透子《すいこ》とその話をしたことがある。

「呪いに掛けられてる、末真さんはそんな風に感じたことない？」

「え？　い、いやそれは……いいえ。そんなことはない、と思うけど」

「私はあるわ。それもしょっちゅうね。自分がなかなかうまくいかないのは、呪いのせいなんだろうなあ、って思ってる」

「水乃星さんが？　かなり意外だけど」

「私みたいに、いつもニコニコ笑ってるような女の子が、そんな気味の悪いことを考えているのはイメージに合わない、かな？」

「そうじゃなくて……水乃星さんって、みんなの人気者だし。言ってはなんだけど、あなたがうまくいっていないんだったら、世の中のほとんどの人はどうなんだろ、って感じちゃうよね」

「ああ、それはそうでしょう。みんながみんな、どこかしら、なにかしらうまくいっていない。

違うかしら？」

「まあ……それを言ったら」

「あなた、そういうこと考えるのが好きでしょ、末真博士。みんなの様子を観察して、どうしてだろうって分析するのが」

言われて、末真は苦笑しながら、

「……その呼ばれ方、好きじゃないんだけど──でも、否定はできないかもね」

「霧間誠一の本とか好きでしょう、あなたなら」

「……それも否定できないな。でも、この学校にわたし以外に霧間誠一を読んでる人がいるとは思わなかったわ。それこそ意外」

末真がそう言うと、透子は、うふふっ、と笑って、

「あなた、いつかそのことを不思議がることになるわ。ええ、きっと不思議がる──」

「？　どういう意味？」

きょとんとする末真に、透子は視線を空に向けながら、

「呪いの話よ。それこそ意味がわからなくって、私は困っているって話。不思議なのよ、ほんとうに」

「なにか思い当たるふしでもあるの？」

「あなたは？　その気配を感じたことはない？　自分を取り巻いている嫌な感触のことを。ち

ょっとなにか思い切ったことをしようかな、って考えても、すぐに駄目な理由をたくさん思いついちゃって、やっぱやめよう、ってなること、ない？」

「──あるけど。それが呪いなの？」

「じゃあ、なんなのかしら」

「いや、だからそれは世間体が悪くなるからとか、人に陰口たたかれるのを気にしてるだけで──いや、そうね」

末真はため息をついて、首を横に振って、

「なんでその人たちは、そんな悪口を言うのか、って説明にならないね。みんながそういうことを気にしてるから、息苦しくなる。で──その大本がなんなのか、わたしたちは全然わかっていない、と。それはもう、呪いに掛けられているのと同じじゃないか、って──そう言えなくもないね」

「さすが末真さん。理解が早いわ。みんなの心の中にある偏見とか諦めとか憎悪《ぞうお》とか、いったいどこから来ているの？　最初にそれを始めた人なんて、もうこの世にはとっくにいないでしように。亡霊が決めたことに従って、その中でモノを考えて、優劣を競って、恋をしたり殺し合ったりしてる。これが呪いでなくて、なんなのかしら？」

「うーん──だとしたら、すっごく範囲が広くなっちゃうね、確かに。世界中ぜんぶが呪われてる、みたいになるね」

「いつのまにか、知らないうちにその呪いは完成しているのよ。私たちの心の中で。いつ、それをすり込まれたのかも覚えていない呪いに縛られて、馬鹿みたいに自分が上だ、あいつが下だってケンカし続けている。くだらないって思わない？」

「それはそうだけど、でも――その呪いって解けないのかな」

「私は難しいって思う。末真さんは？　あなたには呪いの解き方がわかるかしら？」

「とんでもない難問だけど――それをあきらめちゃうのも、呪いなんでしょ」

「そう、その通り――さすが博士」

「だからやめてって――でも水乃星さんも、難しいって言うけど、無理だとは言わないんだね」

「うふふっ――」

二人がそうして話し合っていると、陰の方から一人の少女が近づいてきて、

「あ、あのう――その呪いの話って、私にはよくわからないんだけど……どうすれば意識できるようになるかな？」

と訊《き》いてきた。これに透子は、

「ああ、臼杵《うすき》さん――いや、無理よ、あなたには」

と素っ気なく突き放した。末真が眼《め》を丸くして、

「い、いや水乃星さん。そんなことないでしょ。彼女だってちょっと話が気になっただけで

——ごめんね、臼杵さん」

「——」

少女は顔を青ざめさせている。そこに透子はさらに、

「あなたはもう手遅れ——呪いは完成してしまっている。できることと言ったらせいぜい、死神に見つからないように気をつけるくらい……」

と宣告した。

……水乃星透子が学校の屋上から投身自殺をしたのは、この会話から二ヶ月後のことであり、その原因については遺書などが発見されなかったことから、ずっと謎のままである。一部ではそれを、呪いのせいだと囁《ささや》く者もいる。

学校に巣くう死神〝ブギーポップ〟の呪いだと——。

ブギーポップは呪われる

"Boogiepop In Curse"

死神は機嫌が悪い
"Blue'n'Boogie"

南野梨杏《みなみのりあん》も、おそらく例外ではない。

＊

私の通う県立深陽学園は、呪われている——と、もっぱらの噂《うわさ》だ。

去年は生徒から飛び降り自殺が出たり、今年に入ってからも何人も行方不明になったりしていて、かなり洒落《しゃれ》になっていない。だからって、そこに通っている生徒の私たちが、それを気に病んでいるかどうかと言えば、正直、そんなでもないわけで。

「梨杏、あんた宮下《みやした》のことどう思う？」

「ちょっといい気になってるよね」

「でしょ？　やっぱそーだよね、あの娘、なんか周りが見えてないよねー」

「自慢の彼氏に夢中なんでしょ」

「その彼氏の評判が悪いってのに、ねー」

こんな風に友達と軽口を叩《たた》き合って、普通にやってることの方が多い。呪われてるかも、なんてびくびくしていたら何にもできないし。ただ——

「でもさ……ねえ、最近おかしいって思わない？」

「そうかな」

「昨日だって、一年のクラスで暴れる奴《やつ》が出たっていうし」

「あー、なんか多いよね、最近。みんなストレス溜《た》まってんじゃない？」

「それにしても多すぎるよ、子供のケンカとか呑気《のんき》な感じじゃないよ。マスコミに言ったら大騒ぎになるんじゃない？」

このところ、うちの学校では暴力沙汰が目立つ。一年生が三年生を殴ったり、生徒がガラスを割ったり、先生同士が摑《つか》み合《あ》いしてたって目撃情報もある。しかし、校内が荒れてるってほどでもない。

「でも、その場だけでしょ。暴れ出した奴もすぐに注意されて、おとなしくなるし。停学処分になったのなんて、それこそ炎の魔女くらいでしょ」

「いや、霧間凪《なぎ》とかは話が別で——あの人はまあ……」

「うちでわかりやすい不良なんて、あいつくらいでしょ。あいつって裏で何してるかわかったもんじゃないし」

「いや、あの人は不良っていうか……うーん。ごめん、なんか変な話しちゃったね」

「ううん、別に。でも気をつけなきゃね。変なトラブルに巻き込まれて怪我《けが》とかしたら馬鹿みたいだし」

「気をつけてればいいのかな……」

私たちが教室の隅で、そんな風にこそこそ話していたら、急に横から、

「いや、気をつけるだけじゃ駄目だね」

と男子の声が割って入ってきた。

え、と振り向くと、そこには悪い意味での有名人が立っていた。

（うわ、生成《きなり》亮《りょう》かよ――）

私たちはきっと顔をしかめていたに違いない。しかし生成はそんなことにはお構いなしで、

「呪いには単なる根性論では対抗できない。気合いではどうにもならない。しっかりとした対策が必要だ」

急に真面目に、したり顔で訳のわからない説教をしてくる。私たちは困ってしまうが、生成は一人でうなずいて、

「まあ、それでも気をつけないよりはマシだから、君たちは他の奴らよりは意識が高いよ。でも忘れるなよ？　呪いはいつだって、すぐ近くに迫ってるってことを」

「はあ……」

「何かあったら、僕を頼ってくれていいからな。いつでも相談に乗るよ」

偉そうに言って、そして去って行った。

私たちは思わず、顔を見合わせてしまう。

「……あいつ、なんなの？」

「なんか勘違いしてるよね。家が金持ちだからって、調子乗ってるよね」

「陰じゃ〝お祓《はら》いさん〟って呼ばれてんだよね。なんでも呪いのせいにして、自分はそれを解消できるって言ってるって噂、本当だったんだね……さすがにビビったよ」

「うちの学校が呪われてるってのも、あいつが言いふらしてるだけじゃない？　きっとそうだよ」

「うん……かもね。そんな気がしてきたよ」

「そういや知ってる？　こないだ突然転校した百合原美奈子《ゆりはらみなこ》ってさ、あれホントは一年生の男子と駆け落ちしたらしいよ」

「えーっ、なにそれ？」

「いや、見た奴がいるんだって。二人でこそこそ話してたところを。で、百合原が学校に来なくなったと思ったら、転校しましたって事後報告でしょ。その一年も今、行方不明で。そっちは親が捜してるらしいけど。百合原の方は実家ごと引っ越しちゃって、うやむや。世間体が悪いんで逃げたんじゃないか、って話よ」

「えーっ……だって百合原って学年一位の優等生だったじゃない。それなのに」

「だからストレス溜まってたんでしょ。思い込みすぎると色々と面倒で……」

私が喋《しゃべ》っている途中で、目の前の相手の顔が急に渋いものになった。ん、と思って、後ろを振り向くと、今度は風紀委員長が立っていた。

彼女はその小さな身体《からだ》で、腰に手を当てて、こっちを睨《にら》みつけてくる。

「げ、新刻敬《にいときけい》——」

私は思わず声を上げた。

「南野さん——ちょっといい？」

彼女はくい、と顎をしゃくってみせた。

新刻敬は学校一背が低い。実際、街でしょっちゅう小学生に間違われるそうだ。しかしうちの高校で彼女に舐《な》めた態度をとれる者はいないだろう。

「南野さん、ああいうの良くないよ」

新刻の声もまた子供みたいに可愛《かわい》らしいのだが、そこに籠もっているドスの利き方がまた、半端《はんぱ》ない。

「いや、別に深い意味はなくて」

彼女に連れ出されて、廊下の端っこで説教されながら、私は唇を尖《とが》らせていた。新刻は容赦なく、

「百合原さんや早乙女《さおとめ》くんの話って、はっきりしたことは誰にもわからないんだから、無責任なことを言うべきじゃない。それに南野さん、人の悪口ばかり言ってるって皆から聞くけど、やめた方がいいよ」

責め立ててくる。私はちょっとイラついて、

「大したことじゃないでしょ。みんなやってるでしょ。それに、あんたにそういうことを告げ口してる奴だって、私の悪口を言ってるんだから、おあいこじゃないの？」

と反論した。すると新刻は眉をひそめて、

「そういう考え方って悲しくならない？」

と言った。私はさらにムカついて、

「なによ、そういうあんたは何なのよ。風紀委員長とか今時、馬鹿馬鹿しいって思わない？　管理なんてホントは教師が全部やってて、うちの高校ぐらいでしょ、風紀委員なんてあるのは。生徒の自主性に任せてますとかいうポーズだけじゃん、結局。それであんたみたいに真面目な奴が利用されてるだけでしょ。入試のときの役になんか立たないよ、その肩書きは。だって他の高校にないんだもの。比べようがないでしょ――」

と、一気に文句をまくし立ててやった。なんか本気で腹が立っていた。しかし新刻は言われても、特に怒りも泣きも驚きもせず、静かに、

「だから――そういうところよ」

と論すように言う。

「南野さん、頭が良《い》いから、周りの人間が馬鹿に見えて、その欠点を指摘したくなるんだろうけど、でもだからって、それを振りかざしても、その場では他人の上に立ったみたいに思うかも知れないけど、でも――」

「うるさいなあ。ほっといてよ。私が暴力沙汰を起こしてるわけでもないじゃんか」

「そう——それよ。それが問題なのよ。あなたは問題ないって思ってるけど、他の人がどう思うかわからないでしょ？」

「なにそれ？　私が襲われるっていうの？」

「その危険もあるってこと。無駄に敵を作るような真似《まね》はしない方がいい」

「あんたはどうなのよ。それ言ったらあんたの方がずっと危ないでしょ」

私が言い返しても、新刻は何も言い返さずに、

「………」

と私の方を見つめてくるだけだ。

（なによ——覚悟はできてる、とかいうつもりなの、こいつ？）

私はちょっと気圧《けお》されて、口ごもってしまって、彼女の視線から目をそらし、何気なく窓の外を見た。

そこで……固まった。

（え——？）

校庭の隅っこに、黒っぽい塊が生えていた。筒のような影で、にゅうっ、と地面から伸びているように見える。

それはどうやら黒い帽子をかぶって、全身をマントで包んだ人間らしかった。妙に白い顔を

していて、唇には暗い色のルージュが引かれていて、そして――それは、

「……宮下藤花《とうか》……？」

うちのクラスの同級生だった。そうとしか見えない。

「え？」

私の呟《つぶや》きを聞いて、新刻も校庭を見た。そして彼女は「うわ」と呻《うめ》いて、慌てた様子で、

「ち、ちょっとごめん――」

と、いきなり話を切り上げて、階段を駆け下りてどこかに行ってしまった。

「――――」

私は立ちすくんで、そして校庭に視線を戻したが、そこにはもうあの黒帽子の影はなかった。

跡形もなく失《う》せていた。

*

結局、午後の授業が始まっても宮下藤花は戻ってこなかった。

放課後になって、皆が帰り始めてからも、私はぼーっとしてしまって、席から立てなかった。

「――でさあ」

「――じゃない？」

「やだあ――」

同じように居残ってる女子たちは、なにやら楽しそうに噂話《うわさばなし》をしている。とりとめのない、他愛ない話らしかったが――その中でひとつの単語が耳に引っかかってきた。

「――だからさ、ブギーポップなんじゃないの？」

その名が聞こえてきた瞬間、私は思わず振り返っていた。

「――え？」

私が急に割って入っても、相手はいつも与太話をしている関係なので、別に反発もせず、すぐに、

「いや、そう思わない？　最近うちの学校が呪われてるとかさ、あれってブギーポップの仕業じゃないかって」

「ブギーポップ――」

私が茫然《ぼうぜん》と呟く間も、他の女子たちは話を続ける。

「どーだろ、私はブギーポップって美少年であってほしいんだけど」

「そりゃあんたの好みだろ」

「でもさあ〝そのひとの一番美しいときに殺す〟って設定は、本人が美しくないと成立しないって」

「設定とかゆーなよ、白けるでしょ」

「決まり事は大事でしょ。それ無視したら社会が成り立たない！」

「社会！　大きく出るねー」

きゃはははは、と彼女たちは陽気にけらけらと笑う。話は脈略なく、あっちこっちに転がっていく。

そこに男子がふたり、教室を覗《のぞ》き込んできて、

「あのう――臼杵さん見なかった？」

と声を掛けてきた。とたんに女子たちはぴたりと黙り、二人を睨みつけて、

「知らねーよ。こっちは用はねーよ」

「上下コンビはお外で遊んでな」

と冷たく言い放った。すると二人は顔を見合わせて、

「上下……？」

と首をかしげると、女子たちは笑い出して、

「河上《かわかみ》と木下《きのした》だから、上下だろ」

「あはは、言えてる！　上下コンビだよ、あんたらは」

と囃《はや》したてた。二人は渋い顔になって、

「上下……」

とか唸《うな》りつつも、扉から顔を引っ込めて、廊下に去って行った。

女子たちも顔を寄せ合って、ひそひそ声で、

「いやあ、やばかったね」

「男子にブギーポップの話をしちゃいけない、ってのも、設定だからね」

「だから白けるって——でも、破ったらどうなるのかな」

「それこそ、呪われる——じゃないの？」

「うう、なんか本気で寒気がしてきたんだけど——」

決まり事——とはいうが、このブギーポップにまつわる話が、どこから高校生の女子たちに広まったのか、当然ながら私にはわからない。

ただ、そういう噂がある、という環境にいつの間にか入っていた。

それは死神の噂話だ。都市伝説、とも言えるだろうか。

人が、他の誰よりも真剣に生きて、誰よりも充実した瞬間に至って、誰よりも美しい存在になったときに、それはどこからともなく現れるのだという。

そして苦痛も自覚もないうちに、一瞬でその相手の生命を刈り取ってしまう死神——それがブギーポップ。

そして私の中で、どういうわけかそのイメージが、さっき見たあの宮下藤花の奇妙な格好と重なっていた。

（あれが、ブギーポップ——？）

なんでそんな風に思うのか。あれはただ単に変なコスプレをしていただけじゃないのか、それこそデザイナー志望とかいう彼氏と一緒にふざけてるだけじゃないのか……とも思うのだが、しかし——そんな気がして仕方がないのだった。

その日はいつも一緒に帰っている友達が早退してしまっていたので、一人で下校することになった。深陽学園は山の上に建っているので、帰り道は下り坂の道になる。大半の生徒はバスで駅まで行くのだが、私の場合は比較的近所に家があるので、そのまま徒歩で帰ることが多い。

(でも——呪いとか……本当にあるわけないけど……でも——)

さっきの奇妙な黒帽子を目撃したせいで、なんだか不安が心の底にこびりついている。あり得ないはずのことが、あるかも——という気にもなっている。

(呪いのせいだとして——死んじゃった人たちにはどんな責任があるんだろう……そうなっても無理ない、みたいな理由があるのかな……?)

そんなことを考えながら、坂道を下っていく。

風に乗って、何かが聞こえてきた。口笛のような音だった。どこかで聞いたことがある曲で——

(ええと、たしか大昔の曲で——なんつったっけ、なんか地名だったような——)

そうだ。〈ニュルンベルクのマイスタージンガー〉という曲だ。中学の時にやたらとこの曲が校内放送で流れていたことがあって、それで覚えている。なんで今、そんな曲の、それも口笛っぽいアレンジが聞こえてくるんだろう、とは思ったが、学校でなんかやってるんだろう、と大して気にもしなかった。

そうやって歩いていると、曲も聞こえなくなった。静かになった道を、ひとりで進んでいく。

大通りにつながる道まで、あと半分くらいの地点にさしかかった所で、車道の真ん中にかなり大きめの石が転がっているのが目に入った。

（あっ――）

石を踏んだらタイヤがパンクすることがある、という話を聞いたことがあったような――しかしほとんどの場合は、ただ弾《はじ》き飛《と》ばしてしまうだけだろう。

（うーん――でも……）

この道は事実上、学校へのアクセス専用のようなものなので、車はあまり通らない。バスもさっき通ってしまったから、当分は来ない。

（ええい――）

私は思いきって、車道に出て、その石を拾い上げた。なんだかやたらと尖ったところのある鋭い石で、やっぱり拾っておくべきだった、と変な安心をしたところで――それが見えた。

道路の脇に設置されているカーブミラー――そこに映っていた。

奇妙に歪《ゆが》んだ私の姿……その上に、一本の線が走っている。

真っ赤な線が、ミラーそのものを二つに割るように、大きく横切っている。

その赤い赤い筋が——私の首のところで、胴体から切り離すように、べったりと線が引かれている——

（……あれ？）

私は、動けなくなっていた。

そして、気がついたら手にしている石を、首筋に当てている。

そこはちょうど、鏡の中で赤い線が引かれている位置と一致している。

（え——）

私は、石を握っている手を離そうと思う……しかし、身体が反応しない。

腕が勝手に、石の鋭い切っ先を喉の柔らかい皮膚に押し当ててくる。

（ああ……？）

ぐぐっ、とその冷たくて硬い感触が首筋に食い込んできて、そして——熱いものが流れ出す。

血が……

（あああああっ……！）

私は叫びたかった。悲鳴を上げたかった。泣き喚《わめ》いて感情を表に出したかった。しかし鏡の中の私は、人形のように無表情のまま、己の首を掻《か》き切っていき——

（――え？）

――その背後に、黒い影が立った。それは黒い帽子に白い顔に黒いルージュで――そして、私の襟首を乱暴に摑んで、車道から歩道に引っ張り上げた。

石が、私の手から離れて、かんかんかん、とどこか遠くに転がっていく音が響いた。

どさっ、と私の身体は歩道の地面に放り出された。

「あ、ああ――？」

私は茫然としながら、私を引きずり倒した影を見上げる。

やはり――宮下藤花にしか見えない。しかし、そこに立っているのはどうしたって私のクラスメートではない。

「…………」

黒帽子は、私ではなく、あのカーブミラーの方に目を向けている。私も見たが、そこにはもう、あの赤い線はなくなっていて、普通に綺麗《きれい》な鏡面が反射できらきら光っているだけだ。

「攻撃に指向性がない――無差別なのか」

そいつは苦虫を嚙《か》みつぶしたような口調で呟く。

「あ、あの……あんたは……」

私がおそるおそる呼びかけると、そいつはどこかふて腐れたような様子で、

「ぼくが誰なのか、君はもう知っているみたいだけど」

と言った。

＊

二重人格、というものがある。それぐらいは私だって知っている。

（しかし、あれは——なんか違う気がする……）

翌朝、宮下藤花は何事もなかったかのように学校に来て、私の斜め前の席に座った。

こっちの方はまったく見もしない。もともと仲良くないし、共通の友人も少ないので、通常通りだ。昨日のことなど、まったく意識にないとしか思えない。

（うーん……）

そう言えば、宮下藤花はいつも大きめのスポルディングのバッグを提げて登校しているが、もしかしてあの中に帽子だのマントだのを入れているのだろうか。別に校則違反の品でもなんでもないので、誰からも文句も言われず、不審にも思われていないが……そういうつもりで見ると、実に怪しい。

「………」

私が後ろから睨んでいることにも気づかず、授業中の宮下藤花は相変わらずぼーっと気が入らない様子で時々、頭がかくん、かくん、と揺れて居眠りしてるのがバレバレだったりした。

（ううう、やっぱり違いすぎる……）

私は、昨日のことを想《おも》い出さずにはいられなかった――。

「も、もしかして、ブギーポップ……？」

私の問いかけに、黒帽子はとぼけているような、呆《あき》れているような、なんとも言いがたい左右非対称の顔になって、

「ほら、やっぱり知ってる」

と答えた。私は混乱しつつ、

「い、いやそれは、なんとなくそんな気がしただけで、でも……もしかして、昼休みのときに私が見たの、気づいていたの？」

「君や新刻さんとか、実に目ざといよね。そんなに気づかれたりはしないんだけど」

「いやいや、あんなにあからさまで、気づかないはずがないでしょうが」

「それがそうでもないんだ。人は日常で見慣れた物しか眼に入らないからね。異物は意識から排除されて、それっきり、ということの方が多いんだ」

黒帽子は、歩道にへたり込んでいる私に向かって手をさしのべてきた。私はその手を握り返して、立ち上がる。

がっちりと固定されて、まるで手すりに掴まっているみたいだった。普通の女の子の身体バ

ランスとも思えない。

「……ええと、宮下藤花じゃないの？」

「さあね。別にどうでもいいんじゃないのかな、そんなことは」

「だって……だって絶対に違うでしょ。あんたと、あの……えと」

「クラスで、陰で笑われている間抜けな宮下藤花とは印象が違いすぎる、かな」

「い、いやその――それは」

「君が彼女のことをどう思っているか、それはぼくとは全然関係ないことだからね。どうでもいいよ」

「ええと――今、私を助けてくれたの？」

　私がおずおずと切り出すと、黒帽子は素っ気なく、

「それはどうだろう。助けた、と言えるのかな」

「だって、変な風になっていたのを止めてくれて」

「君がどうして、あんな風になっていたのか、その理由をぼくは知らない。だからあれが、助けたことになるかどうかは、まだ確定していない」

「………………」

　そう言われて、私の背筋がじわじわと寒くなってきて、ぶるるっ、と震えてしまう。そうだ、私はいったい、何をされたのだろう？

「……の、呪いなの？」

「それもわからない」

「ね、ねえ……あんたじゃないんでしょ、うちの学校の呪いって」

「呪いがなんなのか、そもそもぼくにはそれもわからないね」

「だから……いや、そもそも、あんたはどうして、そんな風になっているの？」

私の問いに、黒帽子はまた左右非対称の表情になって、

「ぼくは自動的だからね。自分でもその由来を認識できないのさ」

と言った。意味がわからない。私が眉をひそめたのを見て、さらに、

「ぼくには主体性はないんだ。ぼくが浮かび上がってくるときは、常に、危機が迫っているときなんだよ。今、この辺りには世界の危機が訪れている」

「せ、世界って……そんな大げさな」

「君にとっての世界と、全人類にとっての世界には差などない。世界は世界で、それはいつだって滅びかけている。崖っぷちにいるんだよ、誰だって」

淡々とした口調で、説得力などまるで考慮せずに、自分勝手な言葉を並べている。私は少しイラッときて、

「ね、ねえ——あんたの正体、つーか、その——とにかく、他人にはあんまり知らせない方がいいんでしょ？」

と言った。言いふらされたら困るだろう、という、後から思ったら実に底の浅い考えでつい、そう言ってしまった。だがこれに黒帽子は、

「別に、ぼくはそれについては何も言えることはないね」

あっさり投げやりに言う。私が絶句している中、さらに、

「そういうことは君たちの間の話で、ぼくはそれに関与できないんだし。それに君がどういう風にぼくと会ったのか、その説明についてもどうにもならないだろうしね」

そう告げられて、私は心臓を摑まれる気分になった。

（そうだ——私は……私は何をしていた……？）

傍《はた》から見たら、私のしていたことはただ、車道に出て行って、石を拾って、それで自分の喉を掻き切ろうとしていただけだ。監視カメラがあったとしたら、そこには私がただ情緒不安定で発作的な自殺を図ったとしか思えない映像が残されているだけだ。

「わ、私は……」

「君がどうするとか、それはぼくには関係ないんだ。ぼくはただ、今……迫っている世界の敵を排除するだけだ。自動的に」

黒帽子は私を見つめてくる。私はここで、やっと気がついた。

（そうか……こいつはただ、私を助けたのではなく……私自身が危険な存在なのかどうかを今、見極めようとしているのか……）

「わ、私は──違う、違うからね……！」

「だといいね」

黒帽子はそう言うと、山道を下り始めた。私は後をついて行く。

「ええと──あんたって、正義の味方なの？」

「それは炎の魔女だね」

「は？　霧間凪？　なんであの不良が？」

「君も、今の状況に困っていて、助けて欲しいなら、ぼくではなく彼女を頼った方がいいね」

「意味わかんないんだけど──」

「それはそうだ。意味──真《しん》にそれを理解している者など、この世には存在しない。皆、その途上にいるだけで、到達した者はおそらく、誰もいない。仮にいたとして──」

黒帽子の、その縁で半分隠れている眼の奥がうっすら光ったように見えて、

「──それを誰にも伝えられず、死んでいる」

と言った。ここで私は、やっとこいつが死神と皆から噂されていることを思い出した。

「…………」

私は、その曖昧な表情から何かを読み取ろうとしてみた。しかし黒帽子の影に覆われて、その白い顔からはなんの感情も読み取れなかった。

ただ、ちょっと不機嫌そうに見えた。

「……あのさ、あの噂はなんなの？　ブギーポップの都市伝説は」

「ぼくが広めたわけじゃないけどね」

「じ、じゃあ、その人が一番美しいときに殺すってのは、あれは嘘《うそ》なのね？」

「さて、それはどうだろうね。美しいかどうか、ぼくにはそんな判断はできないから、嘘とも本当とも言えないだろうね」

「……人は殺すの？」

「世界の敵を滅ぼすのが、ぼくの存在理由だからね」

なんか答えをはぐらかされているというか、私に理解する力がないというか、とにかく空回りしている気がする。決定的な答えを得られない。

（……ううん、どう訊けばいいんだろう……でも）

ブギーポップの秘密はさておき、今の私にはさっきのことが何よりも切実な気がする。

「ね、ねえ——私は狙われているの？　それとも巻き込まれただけ？」

「おそらく、どっちの考えも正しいだろう」

「どういうこと？」

「君個人は狙いではないかも知れないが、君はこの〝敵〟の標的には入っている可能性がある。さっきの攻撃が、この道を通る者を襲う罠《わな》だとしたら——」

私はぎょっとなる。この山道は、ほとんど通学路としか使用されていないのだから……。

「じ、じゃあ——深陽学園の生徒をみんな呪っているっていうの？」

「断定はできないが、可能性は高いだろうね」

「だ、だったら——どうするの？」

「残念だけど、今はどうしようもない」

黒帽子はずっと、同じ調子で淡々と喋り続けている。それは冷静であるというよりも、なんだか他人事《ひとごと》のように見えた。

私は不安がさらに大きくなってきて、

「で、でも何かしなきゃ——」

と相手にすがるように言ってしまう。言ってから焦《あせ》りが湧く。甘えるな、とか怒鳴られそうな気がした。

しかしここで黒帽子は、

「いや、君はもうとっくに、色々とやっているんだよ」

と言った。私はきょとん、としてしまう。

「……は？　なにが？」

「君はあれを呪いと呼んだが、そういうものを回避する努力を、君は日々積み重ねているのさ、すでに」

「……ねえ、何の話？」

「呪いとはなんなのか、それを定義するのは意味がない。なぜならおそらく、生命というものがすべて呪いだからだ。この世に生まれ出てきた、それ自体が呪いなのさ。生まれたからには、いつか死ななければならない――その苦痛を、ずっと味わい続けるのが生きるということだ。君たちは呪われるために生きているし、その苦痛を他に押しつけることで憂《う》さ晴《ば》らしをしている。それはすなわち、自分以外の何かを呪っているということだ。呪いは循環しているし、それが途切れるときは世界が終わるときだ」

黒帽子の声はあくまで平静で、そこには乱れがない。そして、真剣みも薄い。異様なことを言っているのに、そこには押しつけがましい〝圧〟が薄い。そもそも何を言っているのか、いまいち理解できないし。

「せ、世界って――あんた、その敵がどうとか、さっき言ってたじゃない」

なんとか言い返してみる。これに黒帽子はうなずいて、

「そうだ。だからぼくは、ある意味で呪いの流れが終わらないように、続くように動いているとも言える」

「……は?」

「呪いは一つではない。さっき君を襲った呪いは、ぼくにとって敵だが、それは別の呪いの味方をしているということでもあるんだ」

「……呪いと呪いがぶつかり合って、戦っているっていうの?　ううう、混乱する……」

　私が思わず頭を抱えていると、黒帽子は、

「君は、いつも他人の悪口を言っているだろう。あれは呪いを掛けているんだ。世界は悪いもので満ちている汚いものだと定義しようとする試みであり、同時に、自分はその汚濁とは切り離された、純粋な存在であろうとする呪いだ。君だけではない。みんなそういうことを生活の中で繰り返しているんだよ」

　やはり、落ち着いた口調で飄々《ひょうひょう》と告げる。しかし――それを聞いて、私は、

「…………」

　絶句してしまう。しかし黒帽子はそれを責めるでもなく、といって許すでもなく、あくまで他人事のように、

「ただ――今回のこれは、少し度が外れているようだ。裏にいるのはおそらく〝影を喰うもの〟だ」


　――その後、気がついたら黒帽子はいつの間にかいなくなっていた。私はひとりで帰宅して、あれからずっと悶々《もんもん》としている。

（なんなのよ、まったくもう……）

　斜め前の席で居眠りしている宮下藤花には、あの不思議な印象は全然なく、私だけが緊張しているのは馬鹿みたいだ。

そうしてへとへとになりながら、その日の授業は終わった。私はちょっと意を決して、いつも一緒に帰っている友達に、

「悪い、臼杵――先に帰っていて。私、当分一緒に帰れそうもないから」

と断った。

「えーっ、どうかしたの？」

「いや、ちょっと数学がやばくて――先生から図書室で自習しろって言われて」

すらすらと嘘をついた。相手の娘は首をかしげて、

「なんか梨杏、今日ずっとおかしくなかった？　宮下のことずっと睨みつけてたよね」

「い、いやそれは」

「あの娘となんかあったの？　ケンカした？」

「そういうんじゃないから――とにかくごめん」

「いいけど――でも、気をつけなさいよ。図書室に遅くまで一人でいると、お化けとか出るってよ。自殺した優等生が後ろにいるような気がする、とか」

笑いながら言われた。冗談だとわかっているのだが、私は少し顔を引きつらせてしまった。

「は、ははは――そうね……」

「でもさ――宮下って、やっぱりなんか怪しいのかな」

「え？」

「今日の梨杏じゃないけど――時々、変な方を見てることあるよね、あの娘」

「そ、そんなことないんじゃないかな。別に、たいした意味ないと思うよ、ははは」

「そうかね――そうかもね」

「そうそう、ははは。じ、じゃあ悪いけど……」

「うん、わかった」

＊

（…………）

去って行く南野梨杏の背中を見つめながら、その少女――臼杵未央《うすきみお》は無表情から、うっすらと――その眼だけに奇妙な笑みを浮かべる顔に変化する。

（もしかして、あれ効いたのかな？　そして――宮下藤花、か……）

＊

……そしてまた、私が一人で山道を下っていくと、問題のカーブミラーの所にさしかかった。

「うう……」

なるべくそっちを見ないように進んでいく。足下だけを見て、おっかなびっくり歩んでいると、

「いや、もう攻撃はないと思うよ」

と横から声を掛けられて、びくっ、と顔を上げる。

そこにはやはり、昨日と同じように黒帽子がいた。唐突に現れるのも同じだった。

「あ、ああ——その」

「ぼくに会いたかったのかな、君は」

「え、えと、そういうわけでも——あるかな」

私はもじもじしながら、顔を上げた。そこにはやっぱり、あの左右非対称の表情があった。

「で、でも——どうしてもう大丈夫なの？」

「大丈夫ではないだろう。単に、この前の攻撃が一回限りだろう、ということだ。別のアプローチで来る危険はある」

「よくわかんないけど——まあいいか。だったらなんで、あんたはまたウロウロしてるの」

「次の気配が現れるまでは、少しでも可能性の高いところにいた方がいい。攻撃の主体は以前はここを狙った。その事実だけが今、唯一の手掛かりなのだから。というか」

喋りながら、黒帽子は歩き出す。

「君が訊きたいのは、そういうことじゃないんじゃないかな」

　私も後を追いかけながら、

「う、うん——そうだね。えと、どうにも気になってて。あのさ、あんた昨日、変なこと言ってたよね。私も〝毎日、呪いを掛けている〟って」

「気にすることでもないだろう？」

「いやいや、気になるって。なんか気味悪いし」

「自分を気味悪がっているのかい」

「だから、そうじゃなくて——私、そんなことしてないつもりなんだけど」

「つもりは関係ないんだよ。君がそのつもりでも、周囲のすべてがそうしているのだから、君もそうせざるを得ないという話だからね」

「周囲、って——」

「君の周りの人たちは、君に色々と期待したり、失望したりしているだろう。それがそのまま呪いなんだよ。君という存在を外部から規定しようとする攻撃だ。先生に叱られたりとか、友達に気にくわないことをされたりとか全部、君が呪いを掛けられていることになるし、それに対して君が〝クヨクヨしてもしょうがない〟と自分に言い聞かせるとき、君は自分で自分に呪いを掛けているんだよ。願掛けとかおまじないとか自己暗示とか色々言い換えても、それが呪いであることには変わりない」

「……ううう。そういうものなの……かな……で、でもそれを言ったら、あんたはどうなの？

自動的とかなんとか言ってるけど、あんたってみんなの無意識が生んだ悪霊《あくりょう》みたいなもので、それが宮下藤花に取り憑《つ》いているとか、そういうものなんじゃないの、ひょっとして」

「かもね。でも、それはぼくには関係ないからね」

「なんでそんな風に割り切れるのよ？」

「それは話が逆だよ。ぼくには何もできない。だから関係しようがない、ということだからね。君だって他のあらゆる人間と無縁になれれば、呪いを掛けられる危険は減るけど？」

「んな無茶な——できっこないでしょ」

「なら呪いも受け入れるしかないね」

「うーん……」

「まあ、今のぼくの言葉も、かなりの比率で君への呪いになってしまっているとは思うが」

「あーっ、そうよ！　なによ、偉そうに上からあれこれ言ってたけど、あんただって私に呪い掛けてんじゃん！」

「上からではないけどね」

「あんた、無駄に余裕ぶっこいてるようにしか見えないのよ。そこがなんかイラつくわぁ……」

「不思議な感情だね、それは」

「あんたに言われたくないわ、ったく」

――と、そんな風に私は、ブギーポップと話をするのが日々の習慣になってしまった。あれ以来、学園の危機とやらはいっこうに現れず、私が下校すると奴はいつもその辺をウロウロしているのだった。そして適当な話をしては、いつの間にかいなくなっている。翌日になると宮下藤花はふつうに来ているし、この変な習慣が私は、妙に癖になってきてしまっていた。学校で話せないことを、奴には平気で喋ってしまう。

「……いや、私だって最初から他の人の悪口を言ってたわけじゃなかったのよ？　ただ、ちょっと話題が途切れちゃって、気まずい感じになったとき、どうでもいいような先生の悪口言ったら、それがみんなに変にウケちゃって。それから、なんとなく毒舌を期待されるようになっちゃって――」

「別に、ぼくに弁解しなくてもいいだろう」

「新刻に言われなくたって、わかってんのよ――言い過ぎるとマズいってのは。だからかなり気ぃ遣って、ギリギリのとこで抑えるようにしてんのよ。そうよ、宮下藤花の話だって、あいつの悪口って言うよりも、有名人の彼氏の方を責めてんだからね？」

「ぼくに言われても、なんとも言いようがないね。まあ、竹田《たけだ》くんに隙が多いというのは事実だけど」

「イカレてんのよ。成績も悪くないのに進学しないでデザイナーになるとか、なんのために深陽学園に進学したんだって話でしょうが——県下有数の進学校よ、ここは。青春したきゃ部活とか盛んなトコに行きゃよかったのよ」

「もしかして、羨ましいのかな」

そう言われて、他の奴が相手だったら、何を馬鹿な、って笑うところだけど、今は、

「うん、そうよ——すっごく羨ましい。格好いいって思う。でも私にはそんなの無理だし、そんな奴と仲良くなれる気もしないし」

と素直に認めてしまう。

「なんてのかな。憧れるってわけじゃないんだよね。正直、馬鹿じゃないのってのも本音。でも、どっかですごいなあって気持ちもあるの。どうして宮下藤花が、そんな男を好きになったのかってのも理解不能だけど、でもその理由を知りたいとも思う——難しいね」

「そうかな。とても単純だと思うけど」

「まあねえ、ガキっぽい反発でしかないんだろうねえ。我ながらめんどくせー性格だと思うよ。あはは」

「いや、そうじゃなくて、君はただ単に〝いいひと〟なんだよ。そう思うけどね」

「——は？　なんのこと？」

「君はあの危なっかしい二人のことが心配なんだよ。でもそんなこと言ったら変な顔されるし、自分には忠告する資格がないとも思っている。だからせめて当てこすりでも言って、彼らに少

しでも慎重な行動と判断を求めているのさ」

「……いや、その宮下藤花の顔で、そんなん言われても困るんだけど……ていうか、ぜんぜん的外れよ、それ。心配？　なんで？　私が？」

「君の、数々の悪口っていうのも、ほとんどはそれなんじゃないかな」

「いやいやいや、待って待って。なんか変なこと言い出してるね、あんた。いくらあんたが適当で無意味なこと言ってるのが面白いからって、それはなんか笑えないよ」

「ぼくは最初から、まったく笑わないけどね」

黒帽子は相変わらず、淡々とした口調で、ふざけているのか真面目なのか、その区別をつけることはできない。

「そもそも、君がぼくと出会ったとき――君はどうして、車道に転がっている尖った石を拾っていたんだい？」

「そ、それは……」

「車が踏んで、パンクでもしたら危ない――と、そう思ったんじゃないのかな。だから反射的に動いていた。君はそういう人なんだよ。誰も見ていないところで、誰にも感謝されないのに、誰かのために行動する――そして、あの攻撃が悪質なのは」

黒帽子の陰で、その半ば隠れた眼に昏《くら》い炎が灯《とも》ったような気がした。

「そういう対象に狙いをつけているところだ。この〝敵〟は――人間という存在を嘲笑《あざわら》っている。〝未来〟そのものを呪っているのかも知れない——」

その横顔は、とても不機嫌そうに見えて、私はすこし絶句してしまった。目をそらして、うつむいて、しばらく無言で歩いた後で、

「う、うーん——でもさ……」

と私が振り向くと、そこにはもう黒帽子の姿はなかった。いつものように、どこへともなく消えてしまっていた。


「………」

私はひとり、とぼとぼと山道を下っていく。そして大きな通りに出る寸前のところで、一人の男と遭遇した。

男は、歩道の真ん中に立って、山の上の学校の方を見上げている。サラリーマンのようなスーツ姿だが、なんだかその気配には、あまり穏当な印象がない。半端に伸ばした長髪に、整っているのかどうか曖昧な髭面《ひげづら》という見た目は、勤め人か無職かわからないギリギリのラインだった。

私が立ち停《ど》まると、男はこっちの方を向いて、

「なあ、そこの君——この深陽学園の生徒だろう？　訊きたいことがあるんだが」

と言ってきた。私が返事をしないでいると、男は懐《ふところ》からなにやら取り出して、私の前にかざ

して見せた。ドラマなんかで知ってる身分証だった。

「怪しい者ではない。警察関係者だ。なんならこの辺りの管轄署に連絡を取って照会してくれてもいい」

静かな口調で告げてきた。男は眉間に皺《しわ》を寄せているが、睨みつけてくるという感じでもなく、なんだかちょっと困ったような顔をしている。やっぱり、警官にはとても見えない。ではなんだ、と決めることも難しい、奇妙な男だった。

「は、はあ——ええと」

私は身分証の名前が読めずに、それを見つめてしまった。すると男は慣れた調子で、

「名前はギノルタ、と読むんだよ。ギノルタ・エージ……鬼乗汰栄二《ぎのるたえいじ》だ」

となぜか繰り返して自己紹介した。私が、はあ、と生返事をすると、その鬼乗汰氏はまた学校の方を見上げて、

「最近、この学校では奇妙なことが連続して起きているらしいね。君はそういうのに遭遇したことがあるかな？」

と質問してきた。私が口ごもっていると、鬼乗汰は、

「去年だったかな、ここで水乃星透子という少女が飛び降り自殺しただろう。あの辺りからなにか始まっているんじゃないのかな。心当たりはないかな？」

「い、いや……別に」

「この学校に、生成亮って生徒がいるはずだが。彼のことは知っているか？」

「え？　生成？」

「そうだ。この地域の有力者の息子で、色々と優遇されている立場だと思うが……彼、最近おかしなことを言い出したりしていないか？　呪いがどうの、とか」

「………」

意外な名前が出てきて、私はたじろいでいた。

(な、なにアイツ——なんであの〝お祓いさん〟のことを警察がマークしてんのよ？)

あんなのはただのおふざけの遊びでしかないと思っていたのに、突然、深刻な話に変わってきた。

(い、いや——違う……そうだ、ブギーポップの言うとおりなんだ……)

〝君にとっての世界と、全人類にとっての世界には差などない。世界は世界で、それはいつだって滅びかけている……〟

そんな大げさな、と思うことに意味なんかない。どんなことでも、それはいつだって世界とつながっているのだろう——馬鹿な同級生と自分と、それだけでは話は終わらず、世界そのものの在り方と地続きでつながっているのだ、と——私はこのとき、実感していた。

「ええと——これって正式な尋問なんですか」

私は鬼乗汰に、気がついたらそう問い返していた。無駄な反感を招くような挑発的な言い方をしていた。しかし鬼乗汰はこれに、

「もちろん違う。公式に資料として採用されるものではないから、君もそんなに深刻に考えなくてもいい」

と受け身の言い方をしてきた。その丁寧さに、私はますます、

(やばい、これってマジだ……)

という緊張感が増してきた。そこでできるだけ自然な調子で、

「いや、生成ってやたらに呪いを解いてやるって言いふらしてるんですけど、その相手はだいたい女の子なんですよねー」

と軽く言った。鬼乗汰はうなずいて、

「なるほど、ナンパのようなものだと？　君も言われたことが？」

「ええ。友達と二人のときに。でもすぐに〝うるせー、あっち行け〟って言っちゃいました」

「それで、彼は怒った？」

「いいえ。そんなに真剣じゃないのかも」

「ふうむ……反応を識別しているのか——」

「え？」

「いや、こっちの話。それと……まあ、こっちは本当にどうでもいいんだが、彼はもしかして、なんとかの〝機構〟に自分は属している、みたいなことを言っていないか？」

「…………」

「もちろん彼の親は金持ちなんだが、それだけではなく、世界で特別な立場にあるんだという、妙な自慢をしていないかな？」

「……ええと、わかりません。そこまで話をしたことないんで」

「そうか——いや、呼びとめてすまなかったね。ありがとう。もういいよ」

「はあ——」

私が横を通り過ぎても、鬼乗汰はまだ立ったままで、学校の方を見上げ続けている。なにかを監視しているのか、それとも——

（……ブギーポップを待っているの？）

私は冷汗を背中に感じながら、だんだん早足になりつつ坂道を駆け下りていった。

＊

翌日、ブギーポップに鬼乗汰のことを相談しようと思ったのだが、しかし肝心の宮下藤花が登校してこない。

（な、何やってんのよもう——なんで今日に限って休むのよ？）

彼女が来なかったら、当然ブギーポップもいないわけで、私はイライラしていた。

しかし、昼休みになって意表を突かれる事態が起きた。

教室に三年生の男子がひとり、やって来て、

「あのう——宮下さんは来てますか？」

と声を掛けてきたのだ。

そのときクラスにいた全員が、思わず彼の方を注目した。皆、その人のことを知っていた。

そう——彼は竹田啓司《けいじ》。噂のデザイナー志望で進学を蹴った、宮下藤花の彼氏だったからだ。

「………」

皆が黙っているので、私が仕方なく、

「宮下さんは、休んでるみたいですけど」

「朝から来てないんですか？」

「はい……」

「そうですか——失礼しました」

竹田啓司はものすごく不安そうな顔をしながら、クラスから去って行った。

「なあに、あれ？」

私の横にいた臼杵がひそひそと囁いてきた。

「なんか揉《も》めてんのかね、あの二人。彼女なのに直《じか》に連絡取れないのかな」

「そ、そうね——」

教室中でひそひそ話が広がる。皆、あの二人の話をしているのだろう。私はなんだかいたたまれない気持ちになってきた。ついこないだまで、自分が率先してそういう話をしていたのに——。

だがここで、そんな空気をさらに一変させる事態がまた起きた。

今度は二年生の女子生徒が来て、扉をばん、と勢いよく開きながら、

「おい——宮下藤花はいるか！」

と怒鳴ったのだ。

皆が絶句し、今度は私も返事ができない。いつもは陰で彼女のことを笑っている者たちは、本人を前にしたらひたすら威圧されて、縮こまることしかできない。

その女子は、噂では中学の頃に留年して、歳《とし》は皆よりひとつ上らしい。しかしその迫力は、そんな一歳差のレベルで語れるものではない。

校内一の不良にして、炎の魔女とも呼ばれるその女——霧間凪は、誰も答えないことには特に反応せずに、教室内を一瞥《いちべつ》して、そして宮下藤花がいないことを確認すると、

「ちっ——」

かすかに舌打ちして、そして扉を閉める。皆がほっ、としかけたところで、また扉が開いて、

霧間凪が皆をじろっ、と睨みつけながら、

「おい——つまらない〝呪い〟なんか気にしてる奴がいるなら、そんなのは意味がないからな。……いいな！」

とドスの利《き》いた声で言うと、彼女は身を引いて、今度こそ扉が完全に閉められて、そして足音が遠ざかっていく。

「…………」

「…………」

皆はしばらく絶句したままで、なかなか元に戻れなかった。

少しずつ誰かが咳払《せきばら》いしたり、ごとん、と椅子を引いたりして、音がし始めて、なんとか普通の空気に戻っていく。

（で、でも……いったいどういうことなの……？）

私は困惑し、混乱し、そして……焦っていた。

身体の奥がすごく冷たくて、そのくせじりじりと炎で焼かれているような気分になっていた。

宮下藤花に何かあったのだろうか？　それはつまり——

（ブギーポップが——）

その身になにか決定的な事態が起こっているのだろうか？　今の二人は、それであんなに焦っていたのか？

それを考えると、私自身も焦りが湧いてきてどうしようもなくなるのだった。

そして――視線を落とした私は、隣の席で臼杵がなにげなく記しているラクガキを見て、ぎょっとなった。

「う、臼杵――それは――その赤い〝線〟は――」

思わず声に出してしまって、彼女に怪訝《けげん》そうな目で見られる。

「え？　なに？」

彼女はルーズリーフ用紙に、アンダーライン用の蛍光ペンで線を引いていたのだ。

その赤い線が、私があのときに見た、カーブミラーの中に見えた赤い線のように感じられて、
それで――

「い、いや……なんでもない」

……弱々しく打ち消す。どうでもいいような物まで怖くなってしまっている。明らかに私は
今――ひどく動揺している。

「このペンがどうかした？　貸してほしいの？」

「ううん、そうじゃなくて――なんでもないから……」

私がおどおどしていると、臼杵は、

「そういやぁ、さ――さっき、炎の魔女が変なこと言ってたよね。〝呪いを気にするな〟とか
――あれって、どういう意味だろうね？」

「い、いや、それは――」

「この学校の呪いって、そんなに皆に気にされてんのかな。あんな不良までムキになるくらいに、存在感あんのかね」

「ど、どうだろう――」

私は気もそぞろで、彼女が言っていることの半分も耳に入っていない。生返事をしているだけだ。

臼杵はそんな私にかまわず、なおもルーズリーフ用紙に赤い線を引きながら、

「思うんだけど、さ――呪いってのは、外から掛けられるものじゃなくて、怖がっている本人の心の中にあるんじゃないかな。そう、怖いと思うから怖い、ってヤツよ。でもさ、それって逆に言うと」

赤い線は、いつのまにかぐるぐると螺旋《らせん》を描いている。いくつもの渦巻き模様が、彼女の指先から形成されている。

「どんなに強いヤツでも、どんなに偉いヤツでも、どんなに周囲に守られているヤツであっても――世界中の誰でも、怖いと思ったら、それでおしまいなのかも知れない。そこには実体はいらない――影絵だけでやる芝居みたいなもので、充分――この〝シャドゥプレイ〟だけで、呪いは成立する――そう、相手がどんなに恐ろしい死神だろうと炎の魔女だろうと、統和機構《とうわきこう》だろうと――」

臼杵はまだぶつぶつ何か言っているが、私は完全に聞き流して、

「あ、あのさ臼杵——私ちょっと急に用事を思い出して、行かなきゃならなくって」

焦りながら言うと、彼女はにっこりと微笑《ほほえ》んで、

「うん、わかった——じゃあね、ばいばい」

と小さく手を振ってきた。私は、

「う、うん——それじゃ」

と、せかせかとうなずくや否《いな》や、教室から飛び出して行った。

まだ遠くへは行っていないはずだ——私は階段を駆け上がり、三年生のいるフロアへ向かった。

竹田啓司と、話をしなければ——。

＊

「——ばいばい」

臼杵未央は笑いながら、南野梨杏を見送る。彼女はずっと南野梨杏と一緒に下校していたのだが、ここ数日はまったく同行していない。しかしそのことを、クラスの誰も気づいていない。

「あれ？　梨杏どうしたの？　急に出て行ったけど」

他の女子生徒がそう訊《たず》ねてきたが、未央は淡々と、

「さあ。トイレじゃない？」

と言うだけだった。

＊

(——いた！)

階段から廊下に出たところで、私はすぐに竹田啓司の後ろ姿を見つけた。まだ教室に入っていなかったのは良かった。三年のクラスをひとつひとつ覗き込んで声を掛けるのはそこそこプレッシャーだ。私は彼が何組なのかも知らないし。わかっているのはただ、宮下藤花の彼氏というだけだ。

でも、今は——彼と話をしなければならなかった。

「あ、あの——！」

と私は彼に声を掛けた。だが……なにか様子がおかしい。

彼は振り向いた……ように見えた。だがそのまま、また背を向けてしまう。一回転した。

「えーと……」

とさらに声を掛けようとして、しかし……また彼はくるっ、と振り向いて、そしてすぐに背

を向ける。

（……いや、違う——）

回っている。

ぐるぐる、とその場で回転している。

その顔がちら、と見えた。なんだか眼がうつろで、焦点が合っていない。

そして——そこで私はやっと気がついた。彼の足下に。

そこに——赤い線が現れていた。

ぐるぐる、と渦を巻くように浮かび上がっていて、そして——その端が横に伸びている。

廊下の窓の、外へと繋《つな》がっている。

（え——）

彼の身体は、その赤い線に沿って動いていた。以前の私が、自分の首を掻き切ろうとしたときみたいに、線の指示に従って……窓の外へ……

ここは五階——地面まで十数メートルはある。落ちたらまず、助からない。

（あ——）

私は——私の脳裏に、かつてブギーポップが言っていた言葉が浮かんでいた。

〝君はただ単に、いいひとなんだよ〟

私は、とっさに飛び出していた。ぐるぐる回っている竹田啓司に、どん、と体当たりして、彼を突き飛ばしていた。何も考えずに、反射的に動いていた。

彼はそのまま廊下に倒れ込んで、そして私は——

（あ——）

赤い線が、私の足の下にあった。そのぐるぐる模様の端の、窓外へと繋がるラインに——そして、

（——あ）

私は、自分でもわからない力に引っ張られて、自分の足でその窓枠を飛び越えていた。

空中に放り出されて、私は——なぜだろう、妙にほっ、としていた。

＊

衝突音が校庭に響いた。それは鈍く、そしてささやかな重みしか伴っていなかった。

魔女の炎を消せ
"Blow The Fire Witch Away"

……時間は一週間ほど前に戻る。

*

おれ、向居《むかい》準一《じゅんいち》は霧間凪が嫌いだ。

あの女はとにかく、自分は絶対に正しい、という顔をしていやがるから、見るとイライラしてしょうがない。こんなことは学校では決して言えないが、友達の生成くんにだけは本音を話せる。彼はいつもおれと対等に話してくれる。

「なあ向居くん、君は臆病なんかじゃない。ただ慎重なだけだ。そうだろ」

「そ、そうかな……でもあれこれ怖いんだよ」

「だから、それは怖がらない他の連中が鈍感なだけさ」

「生成くんはどうなの。腹が立つことはないの」

おれが訊くと生成くんは笑いながら、

「そりゃあ、なにしろ僕は〝お祓いさん〟だからね」

と言った。おれは悲しくなって、

「みんな君のことを馬鹿にするよね。何にもわかっていないいんだ。生成くんがどれだけ大変なのかを」

と言ったが、彼は首を横に振って、

「それぐらいでちょうどいいのさ。みんなに頼られすぎるのもマズいからね。余計な重荷は背負いたくない。いざというときに動けなくなる」

「そうか……生成くんにみんなが助けを求めすぎても、それはそれで困るってことか。難しいね」

「その辺は炎の魔女と一緒だよ。彼女、わざと不良ぶって他のヤツを寄せ付けないようにしているだろう。僕はおめでたいボンボンのふりをしてるって訳さ」

「いや、生成くんと霧間凪は全然違うよ。あいつ、本当に嫌なヤツだよ」

「昔、助けられたんだろう？　チンピラに絡《から》まれてるところを」

「だからだよ――おれをすっげえ見下した眼で見やがって――わかってんだよ、あいつは正義の味方なんかじゃなくて、ただ単に子供の頃に、父親を見殺しにした罪悪感を誤魔化すために、街の悪者相手に暴れ回って憂さを晴らしてるだけなんだよ」

「病弱だった、っていうから、その反動もあるのかもね」

「そうだよ。どっちにしろロクなもんじゃねえよ」

「向居くんは、霧間凪の父親の本とかは読んでるのか？」

「いいや、あんな小難しいもん読む気しないって」

「同感だね。あれを熱心に読むヤツは正気を疑うよ、まったく」

「そういや、うちのクラスの女子で読んでるヤツがいたよ。古くさい名前の――」

「末真和子だろう？　あの女は本当に、どうかしてるんだよ」

「生成くんはああいう頭でっかちのタイプは嫌いそうだよね」

「ああ。嫌いだね。自分にはなんでもわかってます、って顔してる」

「おれも霧間凪の、そういう感じが嫌いなんだよ。あいつは自分が正しいって過信している。そこがムカつくんだよ」

「ふむ――彼女に負い目はないってことだな」

「ああ。大丈夫大丈夫。恩なんか感じてないって。確かにあいつは、生成くんの作戦にはうってつけだよ」

「君から見てもそう思うなら、確信が深まるよ。霧間凪には僕のための〝釣り餌〟になってもらおうか」

「しかし――うまく引っかかるかな」

「霧間凪にはひとつ、致命的な弱点がある――そこを突く」

＊

「あのう、霧間さん――知らせたいことがあるんです」

おれはできるだけ真剣な調子で、彼女に声を掛けた。

うちの学校は校門前にセキュリティゲートがあり、登校してくる生徒は必ずそこを通らなければならない。裏門などはふだん閉鎖されている。正門にいれば必ず来る、そこで待っていた。

「………」

霧間凪は不良だが、服装は至って普通の制服だ。他の女子生徒にはこっそりとメイクしたりしている者もいるが、彼女にそういう飾り気は皆無だ。

真面目に登校してくるかどうかは賭けだったが、しかし生成くんも言っていた。

〝今、この学校がきな臭いのは彼女も知ってる。警戒しているから、登校はしてくるはずだ〟

その読みはまんまと当たった。霧間凪はあきらかに、ただ登校してくるだけではない、ぴりぴりとした緊張感を漂わせながら来た。

「………」

彼女はおれをじろじろと睨んできた。おれのことを覚えているのだろうか。彼女からしたら、おれなどはこれまで助けてきた数々の、その他大勢の一人に過ぎないだろう。

（うっ……）

その目つきの鋭さに、おれは内心でひるんだ。しかし、ここでビビっていては話にならない。

「向居――だよな」

彼女が言葉を返してきた。名前を知られていることに少し動揺したが、それは表に出さずに、

おれはうなずいて、

「そうです。向居準一です」

「ずいぶんと早い登校だが——朝の部活とかではないんだろう？」

「は、はい。霧間さんに話を聞いてほしくて——迷惑でしたか？」

「いや——そーゆー訳じゃねーが……」

霧間凪はあからさまに胡散臭《うさんくさ》そうなものを見る眼で、おれを見つめてくる。しかしこの反応は想定内である。

「霧間さん、気づいてますか……最近、うちの学校がなんかおかしいのが」

だからズバリと切り出した。あれこれ回り道しても、彼女には見抜かれるだけだ。

「…………」

彼女の表情が少し険しくなった。おれへの警戒よりも、話の内容に興味が湧いた顔になった。

おれはすかさず、

「ほら、三日前も生徒が暴れた事件があったでしょう？　おれ、その場にいたんですが——聞こえたんです、連中が暴れ出す前に、変なことを呪文みたいにぶつぶつ呟いていたのを」

「——」

「霧間さんは聞いたことないですか？　この学校には呪いが掛けられてる、って話を」

おれがその単語を切り出すと、彼女は不快そうに顔をしかめて、

「呪いとか言うな。その大雑把な言い方は的外れで、無意味だ」

と強い声で言った。その迫力に、おれは思わず身を縮めてしまう。

「は、はい――すみません」

「まあいい――それで？　どんなことを言っていたんだ？」

「えと、誤解しないでほしいんですが、その言葉それ自体は意味があるかどうかわからなくて」

「何の話だ？」

「連中は〝俺のせいじゃない〟とか〝悪いのは誰それ〟とか言っていたんですが……それって、現に殴り合っている相手の名前じゃないんですよ」

「…………」

「いや、おかしいですよね。相手にムカつくからやり合ってんのかと思ったら、全然別のヤツのことを罵ってたんです」

「…………」

「しかも、その調子が変なんです。ホントに呪文みたいに、怒鳴ったりするでもなく、聞かせるつもりもないみたいに、ぶつぶつ繰り返し繰り返し言ってて――気味悪かったですよ」

「――――」

霧間凪はおれを睨み続けている。おれはだんだん焦《じ》れてきた。

そもそもこの話自体、実際のおれの経験ではない。生成くんに聞いた話で、彼が直にそれを経験したのかもおれは知らない。真実かどうかもわからない。言われたことをなぞっているだけだ。

「…………」

霧間凪はしばらく無言で考えていたが、やがて、

「……それで、その〝誰それ〟ってのは、みんな別の名前だったのか？」

「おれのときはそうでした。他の連中は知りませんが――」

「はっきりと、その名を聞いたか？」

「いいえ。なにしろ小声だったんで――」

おれがびくびくしながら返事をしていると、霧間凪はいきなり、

「なあ、向居――ちょっと付き合えよ。そいつらに話を聞きにいこうじゃないか」

と言ってきた。来たっ、と思ったが、そこは必死に演技で、

「ええ？　おれも――ですか？」

と気後れするフリをしてみせた。ノリノリで協力すると怪しまれるからだ。

「おまえが持ってきた話だ。事後報告を受けるだけじゃ無責任ってもんだろ？」

「は、はあ――」

弱々しくうつむく。胸のポケットのなかの携帯端末がちら、と目に入る。

ずっとマイクを起動させていて、今の会話をすべて生成くんに伝えているのだった。

＊

「ああ、佐藤《さとう》くん。担任の先生が呼んでるよ」

おれは登校してきたそいつに下駄箱《げたばこ》のところで声を掛けた。

「え？　なんで」

佐藤は明らかに不審そうな顔でこっちを見てきたが、おれはとぼけて、

「知らないよ。職員室に来いってさ。伝えたからな」

と言って、いったん背を向けた。佐藤は顔をしかめていたが、仕方なく職員室に続く廊下を歩いていく。その途中で、

「おい――」

と霧間凪が横から現れて、佐藤の腕を掴んだ。

「い？　き、霧間――さん？」

「少し話がある――こっちに来い」

そう言いながら、廊下の角の死角へと連れて行く。

「い、いや今、先生に呼ばれてて――」

「ああ、それは嘘だ」

おれが背後からそう言うと、佐藤はびくっ、と振り返ったが、すぐに霧間凪が、

「こっちを見ろ」

と凄《すご》んだので、おそるおそる顔を彼女の方に戻した。うつむいてしまって、視線を合わせられない。

「あ、あの——僕は」

「大声を出して、騒ぎを起こすか？　二度目だと教師の反応は悪いだろうな」

おれが言うと、佐藤は唇を嚙みしめて、

「……………」

と抵抗するのをやめた。凪は、

「佐藤、あんたは暴れたときのことを、きちんと憶《おぼ》えているのか？」

と訊ねた。佐藤は弱々しい声で、

「憶えてはいるけど……」

「取り押さえられたとき、なにか喚いていたらしいな。何を言っていたんだ？」

「それは——」

「おまえ、誰々のせいだ、とか言ってたじゃねえか」

おれがまた口を挟むと、佐藤はおれを睨んできた。

「向居、てめえ――調子に乗りやがって……」

その怒りはかなり直接的で、おれへのまっすぐな憎悪が感じられた。しかしおれはそれに怯《ひる》むというよりも、

（ああ……わかるよ、おまえの気持ちが）

と妙に冷めた気持ちだった。霧間凪という目の前に迫る脅威そのものではなく、その横にいる、自分に近い立場のヤツに敵意を向ける……それはおれもよく知っている感覚だった。

おれが反応しない間にも、凪はさらに佐藤を問い詰める。

「それは本当なのか？　誰のせいだと？」

「い、いや……それが、自分でもおかしいと後から思ったんだ」

「どういうことだ？」

「ぼ、僕は――確かに言ってた。山田《やまだ》のせいだ、って――でも」

「そうだな。あんたが争っていた相手は野村《のむら》だったな。なんで野村のせいじゃなくて、山田を罵ったんだ？」

「わ、わからないんだ――山田とはろくに話もしたことないし。一年のときに同じクラスだってだけで、なんであのとき、そんなことを言ったのか――だいたい野村とだって――殴り合う前まで、ふつうに話してただけだし」

「何を話してたんだ？」

「くだらないことだよ。タレントのゴシップとか、全然意味のない話で——でも、気がついたら、目の前の相手が急に恐ろしくなって——」

「相手？　野村が何かしたのか」

「そうじゃない——そうじゃなくて、そのときは野村が誰なのかもよくわからなくて、とにかく恐ろしくなって——なんていうか、その」

佐藤はおずおずと顔を上げた。しかし凪の鋭い視線を受けて、またうつむいてしまう。

「……殺されるんじゃないか、って」

「それで抵抗しようと？」

「そ、そうだ——必死だったんだ。ただただ死にたくない、って気持ちになって——」

「それは、野村の方もそう思っていたのか？」

凪がそう訊くと、佐藤はぎょっとした顔になった。

「え？」

「そうじゃないのか。あんたがいくら殴りかかっても、相手の方がやり返さなかったら逃げるだけだ。しかし、争いになったということは、お互いにそう感じていたんじゃないのか」

「——」

佐藤は黙り込んでしまう。どうやら、そういうことを今の今まで一度も考えたことがなかったらしい。凪はそんな佐藤に、

「たとえば、だ——今、不良のオレにこうして詰められていて、恐ろしいか」

「…………」

「しかし、今はあのときのように暴れ出さないよな。それはどうしてだ」

「…………」

「何が違う？　あのとき、いつもとは何か変わったことがあったんじゃないのか」

訊かれても、佐藤は何も言えないでもじもじしている。そして唐突に、またおれの方を睨みつけてきて、

「なあ——それ、やめてくれよ」

と言った。

え、とおれは目を丸くする。何をやめろというのか、と思ったら、佐藤はおれの手元を指さして、

「そいつを振り回すのをやめろ——イラついてしょうがない……」

と言った。おれは自分の手元を見る。なんとなく、赤いキャップのボールペンを持っていて、無意識に振り回していたらしい。特に意味のない行動だ。

「なんだよ——このペンがどうかしたのか？」

「赤いのが眼に入ると、落ち着かないんだよ。そいつをしまってくれよ」

「アンダーライン用の、どうってことない赤ペンだが——」

「いいから！　さっさと見えないようにしろよ！」

突然大声を上げて、そして——おれに襲いかかってきた。

首を絞めようと手を伸ばしてきた——しかし当然、すぐ佐藤はその腕を凪に摑まれて、逆にねじ上げられた。

「——ぎゃっ！」

痛みで、佐藤は悲鳴を上げた。それと同時に、その眼から一瞬で怒りが失せていた。

「あ——」

みるみる弱々しい、情けない顔になっていく。凪もすぐに手を離した。そしてそこに、

「なんだ今の声は！」

と職員室から教師たちが飛び出してきた。連中は廊下の端のおれたちに詰め寄ってきて、

「何の騒ぎだ？　霧間、また貴様か？」

「佐藤もか！　いったいどういうつもりだ？」

「おまえは誰だ？　なにがあったか説明しろ！」

と教師がおれに命令してきた。おれはできるだけ真面目そうな調子で、

「ええと——佐藤くんが転びそうになって、それを霧間さんが支えただけです」

と答えた。教師は疑い深そうに、

「ほんとうか？」

と迫ってくるが、これにも、

「佐藤くんは、なんかすごいビビってて、霧間さんと廊下で出くわしただけで、大声上げちゃって」

「むう――」

「おい佐藤、どうなんだ？」

「――す、すみません、すみません――」

佐藤はすっかり竦《すく》んでしまっていて、まともに返事もできないようだった。教師たちは顔をしかめつつも、

「――まあいい。しかし霧間、おまえがいつもいつも騒ぎを起こすのが悪いんだぞ。注意しろよ」

と引き下がった。凪はこの間、ただ無表情で突っ立っているだけで、一言も口にしなかった。教師と揉めるのに慣れきっている。

佐藤と引き離されたので、おれと霧間凪はまた別の所に向かうことになった。

「次はどうします？」

「とりあえず、山田だな――」

「佐藤が〝あいつのせい〟って言った理由を訊くんですね」

「どういう意味なのか――確かめる必要がある」

そこで、またしてもおれが無警戒の山田を呼び出して、凪に引き合わせるという方法を使った。しかし山田は佐藤とは違って、それほど動揺することなく、

「え、霧間さん——なんですか？」

と凪の顔を見ながら普通に訊いた。凪もうなずいて、

「さっき、ちょっと先生に注意されたんでね——皆の前で直に呼ぶのはやめといた。あんたにもその方が都合がいいだろう」

「そりゃどうも、気遣ってもらって恐縮です」

「あんた、佐藤とはどれくらいの仲だ？　去年は同じクラスだったんだろう？」

「あー、こないだの騒ぎですか。今、あれ追っかけてるんですか。でも霧間さん、あんまりやり過ぎると退学になっちまいますよ。控えた方がいいんじゃないですか」

「考えとくよ。それより佐藤だよ」

「あーっ、そうですねえ……一学期の頃は、ちょっと仲良かったかな？　ほら、入学したてで、お互い話し相手も少ない頃だったんで、近くの席のヤツとつるむってあるじゃないですか。でも、だんだんとそんなに相性良くないかな、って気づいて。それで疎遠になるっていう」

「あんたはヤツが気にくわなかったのか？」

「いや、そんなことはなかったです。向こうですよ。佐藤がなんか急に、全然話しかけてこなくなって、こっちが話しかけても返事しなくなって——って感じで。だいたいあいつ個性も薄

いから、嫌うも何もないっていう」

「あいつに何か言ったのか？　気に障《さわ》るようなことを」

「うーん、どうですかね――なんかあったかな――」

考えながら、山田はちら、とおれに視線を移して、

「向居、おまえも霧間さんに助けてもらったクチか？」

と訊いてきた。おれは顔をしかめて、

「おれのことはどうでもいいんだよ。それより質問に答えろよ」

と言い返した。山田はにやにやしながら、

「あんまりその気になんなよ――おれたちは霧間さんとは違うんだからな。ふつうの高校生が火遊びに手を出すとヤケドじゃすまないぜ？」

「やかましい。そんなんじゃねーよ。いいから佐藤の話をしろよ」

「ああ――そう言えば、今のやりとりで思い出したが、佐藤が間抜けなこと言ったんで、ちょっと笑ったら黙り込んじまったことがあったな」

「何を言ったんだ？」

凪が問うと、山田はへらへらしながら、

「いや、くだらない話ですよ――なんだったか、サッカーだったかバスケだったか、海外の凄い選手の活躍をアイツが浮かれて話してて、どうすればあんな風になれるんだろうな、とかヌ

カしたんで〝おまえがなれるワケねーだろ、ムダなこと考えんなよ〟って言ってやったんですよ。そんだけです」

と軽い口調で言った。そしてさらに軽薄な調子で、

「あれですか、霧間さんも〝呪い〟を気にしてんですか。おれも疑ってたけど、なんか皆の話聞いてると、ほんとにヤバいのかなあ、って感じもしてんですよね――」

と話している途中で、急に凪が動いた。

山田の顔を、がしっ、といきなり鷲《わし》づかみにして、

「――そんなものはない」

と強い声で告げる。口を塞がれて、山田がもがもがしているところに、さらに、

「呪いとか噂して半端に面白がっていると、本物の危険に対処できない――おまえも見せかけのわかりやすい刺激に浮かれてるんじゃないのか？」

と鋭く言う。山田は顔を真っ赤にして、どうやら首を左右に振ろうとしているが、できない。動かせない。

「う、ううう――」

「いいか――つまらん話に乗って、煽《あお》り立《た》てるな。他の連中が言ってきたら、あんたお得意の〝ムダなこと考えんな〟って返してやれ。いいな？」

凪が手を離すと、山田の身体はくたくたと廊下に崩れ落ちた。彼女はそれほど力を入れてい

たようには見えなかったが、相手の身体は完全に自由が利かなくなっていた。山田の顔には凪の指の痕が残っていて、それは急所を突いていたのかも知れない。山田はすっかり青い顔になっている。

「――ううう……」

彼は凪ではなく、おれの方を睨みつけてきた。さっきの佐藤と同じだった。圧倒的に強い者には直に敵意を向けず、その近くの似たような立場の者を憎悪する――。

凪はそんな彼を見下ろしながら、

「それと山田――あんた、最近睡眠不足だろう。今日はきっとよく眠れるぞ」

と言って、そしてきびすを返して去って行く。

「………」

まだこっちを睨んでくる山田に、おれは、

「いや、おまえの頭にムダな緊張があって、それを今の〝ツボ押し〟で緩めてくれたんじゃねーのかな、たぶん」

と適当なことを言って、凪の後を追いかけていった。

＊

おれには、佐藤や山田の気持ちがわかる――。

ふつうの高校生だ。特別な個性なんてなんにもない。

色んなことに不満を持ってはいるが、それをいちいち気にしていてもしょうがない。毎日をなんとかやり過ごすことに神経をすり減らしてヘトヘトになっている。受験やら流行やらアレしろコレしろって周囲はいつも要求してくるし、それについて行くのがやっとだ。あれこれ振り返っている余裕なんかない。なにか間違ったことをしていたとしても、そんなものは憶えちゃいないし、なにか凄いことをやり遂げられたとしても、それを引っ張っていい気分でいられるのはほんのわずかで、すぐに〝調子乗ってる〟と他の連中から叩かれそうになるから、どういう風に見られているのか常に油断せずビクビクしていなきゃならない。しかしそれも慣れてる。みんなそうやって生きている。

それなのに、炎の魔女はいい気になっている。

自分が強いからって、誰の顔色も窺《うかが》わず、気に入らない連中をブッ飛ばして、自分は正義の味方だからと何の後ろめたさも感じていないんだろう。

おれがチンピラに絡まれたのを助けてくれたときだって、彼女はおれの方なんかろくに見もせずに、チンピラたちにばかり話しかけていた。脅して、相手がおびえているのを見るのが楽しかったんだろう。何かを問い詰めていたようだったが、それはよく聞こえなかった。そしておれをフォローするでもなく、その場からさっさと消えてしまった。いや、犯罪の被害者ってのは心にダメージを負っているのが普通なのだから、そこは慰めの言葉の一つでもあってよかったんじゃないか、と今でも思う。おれは少しムカついて、翌日になって学校で彼女に会いに行ったのだが、そこですっげえ冷たい眼で見られて、

「あんま声を掛けんな」

と突き放されて、それっきりだった。今回の件まで、いっさい会話もしたことがなかった。このモヤモヤをおれはずっと誰にも言えずに胸に抱えていたのだが、それを見抜いたのが生成亮くんだった。

他の者たちと同様に、最初はおれも彼のことを軽く見ていた。変なことを言ってる風変わりな金持ちのボンボン、ぐらいに思っていた。しかし彼はそんなおれに怒るでもなく、静かに、

「君は霧間凪という呪縛から解放されなくっちゃいけない」

と言ってきたのだ。おれはびっくりして、なんとか誤魔化そうとしたが、彼は淡々と、

「君が彼女に並々ならぬ遺恨を抱えていることは、意識して観察してみればわかることだよ。彼女はきっと、君の誠実な気持ちを踏みにじったんじゃないかな？」

「…………」

「彼女の横暴な態度は、僕にとっても目障《めざわ》りなものではあるが……しかし向居くん、こういう考え方はどうかな。霧間凪が傲慢であるなら、そこに利用価値があるのではないか、とね」

その言葉に、おれは衝撃を受けた。霧間凪を利用する、という発想は、おれの盲点を突いて

いた。

「彼女には人々を守りたい、という強い意志がある。これは絶対に覆《くつがえ》せない。しかし逆に言うと、霧間凪を動かすには誰かを助けるチャンスがある、と彼女の前でほのめかすだけでいい
――それが確定する」

「そ、それって具体的にどういう？」

おれは興奮した。霧間凪の意志が、おれたちの思い通りになるという、その可能性にとんでもなく魅力を感じた。

「まあ落ち着け。まず前提として、霧間凪の限界について把握しておく必要がある」

「限界？」

「彼女には、彼女の正義がある。しかしそれは狭い範囲での正義だ。ほとんど幼児的といってもいいレベルだ。彼女には大局観がない。物事を引いた立場から捉えるという視点に欠けている――危機に対して、まず自らそこに飛び込んでしまう。全体を見て捨てるべき所は捨てる、という判断は、彼女にはできない。何でもかんでも救おうとしてしまう……だが今、この深陽学園で生じている〝呪い〟という問題は、それでは絶対に解決できない――」

……生成くんの言っていた通りに、今のところ状況は進んでいる。霧間凪に手掛かりを提示してやると、彼女はそれに反応して、自ら首を突っ込んできた。

（あの霧間凪が、おれたちの計画通りに動いている……）

それはとてつもない快感だった。彼女がおれと生成くんの狙い通りに学校の連中を尋問している間、おれはずっとにやにや笑うのを我慢していた。

楽しくてしょうがない。

この、直に彼女と接触する役割を譲ってくれた生成くんには感謝しかない。一番おいしい役回りだからだ。

（霧間凪の、もっともらしい顔をして、自分は学園の危機に対処しているんです、といわんばかりの真面目くさったツラ――しかし、それはコントロールされたおめでたい間抜けでしかない）

これを間近で見られるのだ。こんな特権はそうそうない。

（まったく最高だぜ……！）

おれは高揚を押し殺しながら、霧間凪と行動を共にして、様々な連中を尋問していった。

まず校内で突然暴れたことのあるヤツを問い詰めて、そいつが〝アイツのせい〟といったヤツにも話を聞く、これを繰り返す。

朝、昼、そして放課後と回ったが、しかしやはりというか、成果らしい成果はなかった。皆、佐藤と山田と同じような話しかしなかったし、嘘をついているような様子もなかった。

「なんか無駄な時間でしたね。どういうんですかね……おれ、なんか余計な話を振っちゃいましたかね？」

おれは謙虚なフリをしつつ、凪を煽ってみた。しかし彼女は少しも苛立《いらだ》ちを見せずに、

「いや……かなり方向性がはっきりした。この事件の性質が見えてきたかもな」

と断言した。おれは少し驚いて、

「ええ？　今日のアレで、ですか？」

「特に、最初の佐藤だ……アイツにもっと早く、話を聞いておくべきだったな。まあ、向居──あんたがいたから、アイツもあれだけクチが軽かったのかも知れないから、それは良しとしよう」

「おれ、お役に立てましたかね？」

「つくづく今回、思い知ったよ──オレが嫌われてる、ってのはわかっていたつもりだったが、想像以上に敬遠されていたんだな、って」

「いやいや、そんな」

凪は妙におれのことを褒めてくる。なんだか落ち着かない。役立たずめ、とか罵られるかと思っていたのだが。

部活している以外の生徒の大半が下校してしまったので、おれたちも帰ることになった。校門を出たところで、凪は、

「――――」

と鋭い目つきになった。

その視線の先には、教師でも学校職員でもない、見慣れない大人の男が立っていた。校舎を見上げていて、なんだか困ったような顔をしている髭面の男だ。

「ギノルタ――」

凪が呟いた。おれが、え、と見ると、彼女はこっちには視線を向けずに、

「向居――あんたはバスで帰れ。オレは歩いて山を下りる」

と告げた。おれが絶句している間に、彼女はその男の方へと歩いていく。

「あ、あの――」

「明日もやるからな――今朝と同じぐらいの時間に来い」

そう言い残すと、凪はその困惑顔の男に歩み寄っていき、声を掛けた。男の方もなにやら返事をしている。話は聞こえない。

「――――」

おれが、どうしよう、と思っていると、胸元の携帯端末が、ぶるるっ、と反応した。回線をつなぎっぱなしの生成くんからの呼び出しだった。

「は、はい」

〝向居くん、あいつには近寄るな――〟

「あ、あの男かい？　ギノルタ？　何者だよ？」

〝気にするな。とりあえず関係ない——無視するんだ、いいね〟

「凪の知り合いなのか？」

〝考えるな。今日はご苦労だった。もう帰って休んでくれ〟

そう言われて、回線は一方的に切れた。こっちから掛け直そうか迷ったが、しかし——結局はそのままにした。

＊

そんな風にして、霧間凪に同行すること数日——おれは改めて呆れてしまっていた。

この深陽学園では、あまりにも暴力事件が起きすぎている。

ちょっと話を聞いて回るだけで、誰それがやり合っていただの、後ろからいきなり蹴られただの、そういう話がわらわらと出てくる。表沙汰になっているのは氷山の一角で、当事者同士だけで隠しているものも多く、とてもすべてを追い切れそうもなかった。

「しかし、霧間さん——これはもう、何かあるんじゃないですかね。その〝呪い〟とか言わなくても、異常なことが起きてるって考えるしかないんじゃないですか」

「わかってる——しかし、みんなが思っているようなものじゃない。呪いと言ってしまうと、まるで手が出せない感じになる。しかしこいつはそうじゃない——原因がある。それを排除すれば収まる」

「誰かのせい、ですか？　でも連中は——」

「みんな、自分に認識できる範囲でしか考えていないだけだ——彼らが原因だととっさに感じた相手というのは、ただ〝似ている〟だけだ。自分のことを否定してきた相手——それに対して感じたほんのちょっとの苛立ち、それを思い出しているだけだ。だから原因は別の所にある。彼らに共通するものがあるはずだ。今はまだバラバラにしか思えないが——きっとある。直接の引き金となるなにかが——」

凪には奇妙な確信があるようだった。正直、その横顔はそれ自体が既に、なにかに取り憑かれているように見えた。

（……もしも、霧間凪自身が既に呪われてしまっているのだとしたら——おれの役目もそろそろ終わりか？）

おれは生成くんから指示を受けている——彼は凪とは見解が異なり、この件をひたすらに〝呪い〟と捉えている。

〝いいか。霧間凪は〈餌〉だ。彼女を状況のど真ん中に飛び込ませて、彼女を見えない敵に呪わせる。そうすれば我々は、大きなヒントを得られて、事態を解決するヒーローになれる

——〟

それが最初からの狙い——そしてこの先が見えなくなっている現在は、とっくに目的を達しているのではないか？

（それとも、凪が暴れ出すのを待たなきゃならないのかな——）

そこまで考えて、おれは（あれ？）と思った。

凪が暴れるまで、待つ——そうなると、そのときにその攻撃対象になってしまうのは、もしかして——

（え？　それって——身近にいるヤツで、つまり今だと——）

このおれ、向居準一になってしまうのではないだろうか？

（ちょ、ちょっと——大丈夫なのか？）

不安になってきて、生成くんに連絡を取りたくなったが、しかし凪が目の前にいるのではそれも難しい。

そうこうしている間にも、凪は次の尋問相手とさっさと接触してしまう。彼女に促されて、おれは相手を呼び出さざるを得ない。そいつもやはり曖昧なことしか言わず、そして〝あいつのせい〟だと感じた相手というのも、

「無意識に、南野のヤツが悪い、って言ってたよ——南野梨杏。なんかアイツの憎たらしい顔が浮かんできて——」

と、かなりどうでもいい名前を出してきた。

南野梨杏は、学校でも結構知られている女子で、舌鋒《ぜっぽう》鋭く他人の悪口を面白おかしく言うヤツとして有名だ。そりゃあ嫌われてるだろう、というしかない女だ。

凪はその名を聞いて、少し考え込む。

「南野梨杏――宮下藤花と同じクラスだったな……」

「南野にも、話を聞くんですか――？」

おれはもう、今日は早く切り上げたくてそんなことを言ってみるが、凪は当然、

「呼び出してくれ」

と素っ気なく命じてきた。

気が進まない中、おれは南野のいるクラスを覗き込んだ。そして近くの男子に、

「あのう、南野梨杏はいないかな？」

と声を掛けてみたら、横から急に、

「梨杏に何の用？」

と鋭い声を掛けられた。振り向くと、そこには南野の友達が立っていて、おれを睨んできた。

（えーと、こいつは……確か）

いつも影が薄いので、名前を咄嗟《とっさ》に思い出せなかった。なんか変わった名字だったような……

（――臼杵《うすき》、だ。たぶん――臼杵未央《みお》）

「いや、その――」

「だいたい馴《な》れ馴れしいでしょ。なんであんたに梨杏を呼び捨てにされなきゃなんないの？」

完全にけんか腰で、敵意を向けられる。おれは困ってしまって、

「あー、いや……おれが南野――さんに用があるわけじゃなくて……」

なんとか適当に誤魔化そうとするが、臼杵はおれを睨み続ける。

「情けない男ね。なんでも他人のせい？　自分では何の責任も取りたくないって？」

「いやあの、そんな――」

おれは言い返そうとして、そして……妙なことに気づく。

クラスにいる連中――昼休みで全員はいないが、それでも半分以上いる者たちのその誰もがおれ達の方を見ていない。たいてい誰かがクラスにやって来たら、そっちの方を見るだろうに、誰一人として顔をこちらに向けていない。

おれを見ているのは、臼杵だけだ。

「あんたみたいなヤツは、いつだって、そう――逃げ道ばかりを探している。おまえのせいだ、と言われたくなくて、誰か生け贄《にえ》となる他人を探してつるんでいる。友人とか、仲間とか、知り合いだとか――しょせんは責任転嫁《てんか》の対象を増やしたいだけ」

彼女はおれをまっすぐに見つめながら、話し続けている。

「それが人間の本性。どんなに立派な精神を持っていようが、どんなに高潔な目的を持ってい

ようが、いざ自分が糾弾されそうになると、皆、第一声は同じことを言う——〝違うんです、これは自分のせいじゃなくて〟——その言い逃れを許さないために、人間は社会を造ったけれど、それも結局は、他の誰かの失敗を、自分に押しつけられないため——放っておいたら、皆が皆、他の者に責任を押しつけてしまおうとするから——」

「…………」

おれは妙に、ぼーっとしてきた。視界が変に霞《かす》んでくる。というか……赤くなってくる。

〝おい、どうした向居。さっきから音声も映像もこっちに来ないぞ。どうしたんだ？〟

胸元の、回線繋ぎっぱなしの携帯端末からひそひそ声が聞こえてきたが、それが誰の声だったのか、思い出せない。

臼杵はゆっくりとおれに接近してくる。赤く染まっていく視界の中で、彼女だけがはっきりと浮かび上がって見える。

「誰かに責任転嫁したいという、強い強い気持ち——それが呪いの本質。悪いことは全部、自分以外のなにかのせいだって、そう叫びたい気持ちが落とす影。その影を消すことは、誰にもできない——だから今、おまえに教えてやろう、向居準一——今、おまえに迫っている破滅は、おまえのせいじゃない」

「——」

「これは、あいつのせいだ——そう、悪いのは霧間凪だ。だから——おまえは——やらなくっちゃあ、ならない」

「――――」

「その〝赤いペン〟――おまえがそれで何をするのか、もうわかっているよな？　おまえがそれを廊下で拾ったのは、かなり前のことだったけど――そのときから、もう運命は決まっていた。さあ、準備はいいかい？」

「――――」

「それじゃ――よーい……」

彼女はおどけた調子で手を上げて、そして振り下ろした。

「……どんっ！」

彼女の手が振り下ろされるのと同時に、おれの身体はくるっ、ときびすを返して、そして教室から飛び出して、廊下を走り出した。全速力で、その場から逃げ出した――。

＊

（――さて）

臼杵未央は、とん、と踵《かかと》を床に当ててかすかな音を鳴らした。

すると、それまで停止していたクラスの者たちが一斉に動き出す。わいわいと昼休みのお喋《しゃべ》りやふざけあいを再開する。

その中で、彼女は無言で自分の席に戻り、そして鞄《かばん》に荷物を詰め始めた。

（まあ、うまくいったら儲《もう》けものって感じだけどね――一応、念のためにこの場を離れておくか）

彼女が鞄を持って立ち上がると、他の生徒が、

「あれ、臼杵どうしたの？」

と訊いてきたので、彼女は、

「今日はもう、早退させてもらうわ。なんか頭が痛くて――」

と答えた。

*

……おれは逃げている。

なにから逃げているのか、よく思い出せないが、とにかくこの場から離れないといけないという強い気持ちがある。後から後から湧きあがってきて、他のことを考える余裕はない。

「――向居？」

背後から声を掛けられるが、振り返っている余裕もない。おれは廊下を駆け抜けて、階段を

飛び降りて、校舎から走り出して、外に出る。

柵に取り囲まれた深陽学園だが、生徒なら誰でも知っている抜け穴がある。しかし今はもう茂みに覆われてしまっていて、まともに通ることはできない。でもおれはその草や蔓《つる》を乱暴に引きちぎって、全身で枝を掻き分けて、無理矢理押し通る。

そしてまた、走り出す——学校を囲んでいる山の中を駆け下りていく。

おれは少し変だな、とは感じている。こんなにも全力で走っているのに、なんで息が切れないんだろう、とぼんやりと思っている。しかしそれよりも、心の冷静なところで〝逃げなければ〟という判断が下されているので、それに従うのが自然だと感じている。

走って走って、そしてふいに〝もういいか〟という気分になる。立ち止まって、そして身体を丸めてうずくまる。

なんで身体を丸めるのか——それは腰を曲げることで、バネのように勢いよく起きることができるからで、そして手元を胸の前に隠せるからだった。

どうしてそんな必要があるのか、ちらとそんな疑問も頭をかすめたが、しかしこれもまた自然な判断だからと脳内で片付けられる。

「ううう……」

気がつくと、うなり声を上げている。なんだか苦しそうな声だ、と他人事みたいに思う。声を上げているから、すぐに見つかる……がさがさと足音が背後から近づいてくる。

「――おい、向居、いったいどうしたんだ？」

霧間凪の心配そうな声が接近してくる。その声を聞きながら、おれの胸の鼓動がどんどん速くなっていく。どきどきしているのではなく、これは全身に血液を、力をみなぎらせるための予備動作であり、そして彼女がおれの肩に手を掛けた瞬間――バネは解放される。

おれの手の中に握られていた赤いペンの、その鋭い先端を彼女の柔らかで無防備な首筋に――喉元に突き立てる……。

＊

「――――」

霧間凪は、顔色ひとつ変えなかった。

ペンの先端部が喉に接触するのと同時に、彼女の身体全体が、ぐにゃり、と脱力して、後ろに逃げる。のけぞるというより、倒れる、という感じで攻撃をかわしたときには、同時に向居準一のみぞおちに、凪の膝蹴りが入っている。身体を落とした体重移動の勢いがすべて乗ったその一撃は、痛いとか重いとかいう以前のレベルで、相手の身体の神経叢《しんけいそう》に直に衝撃を加えて、痺《しび》れさせる。それは視力も聴力も嗅覚も、そして触覚さえも一瞬、相手から奪ってしまう。

「がっ――」

という吐息が、向居の口から漏れるが、これは意識しての呻きではなく、ただ肺がパニックによって収縮した際に漏れたノイズでしかない。彼の意識は既に朦朧《もうろう》としている。その倒れ込みそうになる身体を、凪は受け止めて、そして――相手の首を摑んでいる。

指先を頸動脈《けいどうみゃく》に突き立てて、その血流を止める。脳に流れ込む急所を的確に突くことで、握力自体はそんなに必要ではない。

「…………」

向居の身体は、くたくた、と力を完全に失って、凪が離すとそのまま地面に崩れ落ちた。彼女は気絶した彼を見下ろしながら、うんざりしたように呟く。

「……残念だったな、向居――オレには二度目なんだよ、隙を突いて首を狙われるっていうのは――」

彼女の顔にははっきりと、深い憂鬱が浮かんでいた。

〝――なんだ、何があったんだ、向居――おい、向居――〟

今の騒ぎで下に落ちた携帯端末から、声が聞こえてくる。

凪は、ふう、と溜息《ためいき》をつくと、それを拾い上げて、

「やっぱりおまえか、生成亮――」

と相手に話しかけた。

〝…………！〟

息を呑《の》む気配が伝わってきたが、相手はすぐに平静を装《よそお》って、

〝……やれやれ、予想よりも早かったな——向居はもう限界だったか〟

と言ってきた。凪は携帯をスピーカーモードにして、地面に置くと、

「生成——もう〝呪い〟とか言うのはよせ。生徒たちに不安が広がっている」

と話しながら、気絶している向居の身体を起こす。瞼《まぶた》を指でこじ開けて、瞳孔の状態を見る。その表情が曇る。その間にも生成の声は続く。

〝しかし、呪いは呪いだろう。みんなにわかるように説明しているだけだ。MPLSによる精神汚染、と言ったって、誰にもわからないだろう？〟

「おまえだって、そのことの真の意味はわからないだろうが——統和機構だって、わかっているか怪しいものだ」

凪はスカートの内側、太ももの間にベルトで留めてある小型ポーチから、携帯式の拘束索を取り出して、向居の身体を後ろ手に縛り上げる。足首も固定して、完全に自由を奪ってしまう。口にはハンカチで作った猿ぐつわを付ける。

〝何をしている？　向居なんて放っておけ。もう手遅れだ。君の主治医の所に担《かつ》ぎ込んでもどうにもなるまいよ〟

「どうかな」

〝もともと、あいつの挙動がおかしかったから、僕は声を掛けたんだ。君に押しつけるみたい

な形になってしまったのは謝るが、そいつはとっくの昔に呪いを受けていたんだろうよ。どうして今、それが暴発したのかは不明だが――〟

「暴発じゃない――明らかに、オレを狙っていた。今までのヤツよりも、はっきりとした殺意がある。これは〝犯人〟の手掛かりになる。そいつはオレのことがよほど嫌いなんだろう」

〝おいおい――そんなのどれだけいると思っているんだ？　君だって今回の調査で思い知っただろう。君のことなんか、学園の誰も顧みていない〟

「みたいだな」

〝君が正義の味方として謙虚に振る舞っても、そんなものは誰も尊重してくれない。君が助けた相手だって、君に感謝なんかしない。余計なトラブルに巻き込みやがって、と逆恨みするのがオチだ。その向居準一が僕に向かって君のことをなんて言っていたと思う？〟

「さあな」

凪は向居の様子を再確認すると、立ち上がって、携帯端末を拾い上げて、歩き出しながら通話を続ける。

「それより、おまえがどれぐらいの手掛かりを得ているのかの方が気になる。こっちの情報は向居を通じて伝わっているんだろう。おまえの知ってることをオレにも教えてくれ」

〝おいおい――何をおめでたいことを言っている？　どうして僕が君に力を貸さなきゃならないんだ？〟

「じゃあオレを利用しろ。今までやっていたように」

凪は山の中を移動し、バイクを隠してある所に来た。深陽学園は自転車などの乗り物通学が一律禁止だからいつもそこに隠してある。彼女はエンジンを掛けずに、バイクを押して来た道を戻る。

〝なんだその冷静さは――君はたった今、罠にはめられて、殺されかけたんだろう？　その黒幕に向かって腹が立たないのか？〟

生成の苛立った声が山の中に響くが、凪は素っ気ない調子のままで、

「ずっとムカついてるよ――おまえに限らずな」

と答える。生成はさらに言葉を尖らせて、

〝何様のつもりなんだ？　君が今、挑もうとしているのはそこらのチンピラや不良どもじゃないんだぞ？　世界を破滅に導きかねない危険な過剰進化敵性体の可能性が高いんだ。人類の敵だぞ？　それを君一人でどうにかできるというのか？〟

「別におまえがやってもいいぜ。オレを踏み台にして、機構で出世しろよ。それより向居には、以前に誰かと接触していたとか、そういう話はないのか」

凪の淡々とした問いかけに、生成の声はますます甲高くなっていき、

〝いい加減にしろ！　その根拠のない自信はどこから来るんだ？　それとも逆か？　無駄に強がっているだけか？　炎の魔女はそんなにトラウマが深いのか？　目の前で死んでいく父親を

見殺しにしたのがそこまで尾を引いていると？　だから――〟

生成の、ほとんどただの罵倒でしかない声にも、凪は平静に応える。

「見殺しにしたのは親父《おやじ》だけじゃねーよ――オレのことにずいぶん詳しいみたいだが、今はそれよりも……」

問いかけを続けようとしたところで、携帯端末から、ぶつっ、と鈍い音が響いてきて、そして電源が落ちてしまう。

どうやら向こうから、この機器そのものを破壊する指示が出たらしい。いくら操作しても、装置はまったく反応しなくなった。

「………………」

凪は溜息をつくと、バイクを押していき、気絶したままの向居がいる位置に帰ってきた。慣れた動作で、その身体を抱え上げて、バイクの後部に固定する。さらにシートを上に掛けて、傍目《はため》からは人を運んでいるようには見えなくする。

ヘルメットをかぶり、そこに内蔵されている装置で凪は外部に連絡をとる。

「……釘斗《くぎと》博士か。急患だ。準備しておいてくれ」

〝おいおい――予約より早いぞ〟

「状況が急変した。つべこべ言うな。貴重な研究材料を提供してやるっていうんだ」

〝患者の容態は？〟

「正気を失っている。瞳孔は開きっぱなしだ。しかし行動は的確そのものの戦闘態勢だった。本人が訓練を受けたはずのない動きだった」

〝じゃあ単なる催眠暗示ではないな。もっと深くにまで支配が及んでいるのだろう〟

「とりあえずそっちに運ぶ――拘束の必要がありそうだ」

〝では受け入れの準備をしておく。一時間以内に来い〟

「二十分で行く」

凪はバイクにまたがって、発進させる。

山道を一気に駆け下りて、道路に出ると全開で走り出す。

＊

……おれは振動の中で目が覚めた。

視界は暗い。光は何かを透かしてぼんやりとしか見えない。眼を開けているのに、瞼が閉じたままのようだ。

ごとんごとん、と身体が下からの衝撃で突き上げられる。車輌《しゃりょう》に乗せられているらしい。どこかに運ばれている。

（…………）

　しかし、怖いという感覚が湧いてこない。すべてが霧に包まれている。ただ自分の身体だけが、縛られているのに暴れて、もがき続けているのを他人事のように感じている。夢の中で自分が変なことをしているのを観察しているのと似ている。

（…………）

なんだったっけ、と思う。

なにをしていたんだっけ。

なにかをしていたはずだった。

誰かと一緒に、真剣に、なにかを追い求めていたのではなかったか。

誰と、なにを……それが思い出せない。

（…………）

考えている間にも、身体だけが勝手にじたばたし続ける。

時折、暗い視界の中を赤い線が走る。

何も見えないはずなのに、その赤い線だけははっきりと認識できて、そしてそれが現れるたびに、身体がばたんばたんと反射的に動こうとする。

（…………）

なにかが切り離されてしまった。そして赤い線が、おれの身体を勝手に操っている。

（……でも）

それは昔からそうだったのではないか。以前からおれは、自分でなにかを決めて行動していたのだろうか？

他の人がなにかをしているのを見て、それに従っていただけではないか。

そして……自分で考えて、自分で決めているような人に対しては、どうしてそんなことができるのか、と疑問を……いや、反発していたのではなかったか。

（……だから）

だから今、こうなっている……そんな気がする。何も決めていないと、何も決められなくなって、赤い線に引っ張られるだけの存在になってしまう……そんなことを、ぼんやりと思う。ぼんやりとしか考えられない。

身体が暴れる度に、縛られたところが痛む。しかしその苦痛を苦痛として感じられない。ただ、痛いのだろう、と遠くから眺めている。そしてその彼方《かなた》から、かすかな声が聞こえてくる。

〝……おい、向居……聞こえているのか、向居……〟

その女の声が、誰のものなのか、おれは思い出せない。

〝……向居……オレが憎いか……そうだ。たしかにオレは、おまえに冷たい態度を取った……腹が立っただろう……〟

その声には、妙な切迫感がある。

〝……おまえのプライドを傷つけたんだ……その怒りを思い出せ……オレを憎むんだ……そう

すれば……怒っている間は、おまえはまだ、おまえでいられる……オレに怒り続けるんだ……〟

しかし、その声もどんどん遠くなっていく。

ふと、誰かが言った言葉が浮かんできた。それははっきりと聞いたのではなく、おれが眠っているときに、側で誰かが囁いたのを夢うつつで聞いただけのような、そういう曖昧な言葉だった。

『君が正義の味方として謙虚に振る舞っても、そんなものは誰も尊重してくれない。君が助けた相手だって、君に感謝なんかしない』

誰が言ったのか……しかしその言葉が頭の中で何度も何度も繰り返される。

（そうだ……それなのに、どうして……）

おれにはもう、怒りはない。

我が身を振り返ってどうこうできるだけの自由もない。

あるのはただ、その疑問だけだった。

（どうして、誰にも感謝されないのに——彼女は……）

その不思議さだけが、おれの意識をつなぎとめていた。それだけが、赤い線が暴れ回る脳裏の中で、ふわりふわりと漂っているのだった。

＊

霧間凪のバイクは、拘束された向居準一を乗せて、車道を突き進んでいく。空は暗くなったり明るくなったり、晴れているのか曇っているのか、その先行きはまったく読めない。ただ影だけが、ひたすらに濃くなっていく。

おまえは何者でもない
"You're Nobody (Till Somebody Kills You)"

生成亮が鬼乗汰栄二と会ったのは、一ヶ月ほど前のことである。

＊

「君が亮くんか。なるほど、確かに賢そうな顔をしているな」

鬼乗汰本人は実にどうでもいいことを言ってきたが、亮はそれよりも、彼の隣にいる少女が気になってしかたなかった。

フランス人形みたいな見た目をしていて、とても可愛らしい顔立ちをしているのだが……表情でそのすべてが台無しになっている。

にやにやと実に意地の悪そうな笑みを浮かべ続けているのだ。

「見た目だけは整えてるって感じですよねー。まー、ボンボンには他に取り柄がないんでしょうからねー」

彼女はこちらに挨拶もなく、いきなり無礼な口調でせせら笑ってきた。

「あの……鬼乗汰さん？　こちらの方は」

亮がおずおずと訊ねると、鬼乗汰はうなずいて、

「ああ、彼女は〈カチューシャ〉だ。もちろん本名ではないが、そう呼ぶといい。年齢も見た目通りではない。成人と捉えてくれ。機構内で監査役を担当してもらっている私の部下の一人

だ。君のことを査定してもらうために連れてきた」

と、まったく悪びれずに言う。カチューシャはにたにたしながら、さらに、

「あのさあ……生成亮。おまえの〝実績〟とやらを調べたんだけどさあ——ぶっちゃけ、あれって全部まぐれでしょ？」

ぶしつけにそう言ってきた。さすがに亮が驚いて眼を丸くすると、彼女は、

「まあ、正確に言うとまぐれというか、ビギナーズラックというか、適当にでたらめ言ったらたまたま大当たり、ってところだろうけど、でも確たるものがあるわけじゃなくて、ほぼハッタリでしょ、おまえの〈クロース・トゥ・エッジ〉って」

天使のように愛らしい外見で、悪魔みたいな断定を平然としてくる。

「…………」

亮が絶句していると、鬼乗汰が静かな調子で、携帯端末をいじりながら、情報を読み上げる。

「ええと——手元の資料によると『生成亮——十二歳の時に、駅前広場で遭遇した無差別殺人犯の正体をいち早く見抜き、警察に通報——犯行を未然に防ぐことに成功する。この際の証言〝ピンとくるものがあった〟これが統和機構のMPLS調査に引っかかる』——と。これは正しいかな」

「…………」

「で——そのまま危険な可能性のある存在としてマークされるかどうか、という判断の途中で、

ひとつの事実が発覚——そう、生成亮の両親は、かねてより統和機構に協力していた構成員だった、と……」

「…………」

「つまり君は、親が我々の身内だったので、マークされるのではなく、自ら進んで機構に協力します、と立候補してきたということだね。君の親はあれか？　地方の有力者、みたいな立ち位置か。作戦行動中のエージェントに脅迫されて、なし崩しにサポートを強要されて、そのまま逆らえないで仲間に、というクチだな。それで……君は〝どっち〟だったんだ？」

「…………」

「親が君を守りたくて、なんとか機構にねじ込んできたのか——君が親を利用して、我々に取り入ってきたのか——まあ要するに、君は親が好きか、嫌いか、って話だな」

「…………」

「まあ、ここで〝親は悪くないです〟ってすぐに出て来ないところを見ると、君は両親が嫌いなようだ。あれか。立派で世間様に恥ずかしくない名士になるんだ、と言われて抑圧的に育てられてきたのが、ここで一発逆転……親が絶対に逆らえない組織に取り入るチャンスが来た、と嬉《うれ》しかったのかな。十二歳って年齢も絶妙だな。そろそろ反抗期になってもおかしくない時期だしな」

「……あの、そろそろ本題に入ってくれませんか。僕の精神分析なんてどうでもいいでしょう？」

亮はイラついて、つい相手に言い返してしまった。鬼乗汰はうなずいて、

「確かにどうでもいい……君程度の構成員など、いつ切っても何の問題もない。能力が仮にあるとしても、ほとんど無害に近いようだし」

と淡々と言う。横からカチューシャも、

「おまえは役立たずだから、余計なことはすんな、って話よ」

と言ってくる。亮は眉をひそめて、

「何のことです？」

と訊いた。鬼乗汰は少し身を乗り出してきて、

「君の通っている学校——県立深陽学園だが、このところおかしなことが連続して起きているのではないかな」

「それは——」

「しかし、君からの報告は今のところないようだ。君には危険が察知できない、という認識でいいのかな」

「いや、それは——」

「水乃星透子という少女が飛び降り自殺したのは春先のことだったか？　その辺でしかるべきレポートが上がってきても良かったんじゃないのか？」

「あれは問題ないでしょう——特に異様な事態があったとも思えません」

「しかし、水乃星透子は霧間凪と対立していたんじゃないのか」

「霧間凪——ですか？　あの不良がどうかしたんですか？」

「ああ、それもマークしていなかったのか……向こうからは当然、君みたいなヤツに接触してきているはずだろう？　君は彼女に対しても、そんな風に能天気な対応をしているのか」

「あいつは……いや、彼女のことは当然把握していますよ。正義の味方ごっこをしているだけの、屈折した変わり者でしょう。凄腕《すごうで》なのは事実ですが——」

「ああ、ああ——別に君から霧間凪の説明をしてもらう必要はない。こっちは君より詳しい」

鬼乗汰は手をひらひらと顔の前で振ってみせた。彼本来の困り顔と相まって、それはひどく突き放した態度に見えた。

（ぐっ……）

亮は焦っていた。そもそも彼がこの二人と対面することになったのは、急に親から、

〝亮、おまえ何やらかしたんだ？〟

と心配そうに言われたところから始まる。なんのことだ、と例によって反抗的に訊き返したら、親はいつものようにひるんだりせずに、さらに不安げに、

〝鬼乗汰さんがおまえに会いたいと仰《おつしや》っているらしい……これは大変なことだ〟

と顔を青くしながら言ってきた。息子がどう思おうが、そんなことは気にしていられないと

いう余裕のなさが浮き彫りになっていた。そこには歴然と、我が身の保身が掛かっている、という切羽詰まった恐れがあった。亮はさすがに落ち着かなくなり、その鬼乗汰とは何者か、と訊くと、親は首を激しく左右に振って、

〝わからない……いや、私ごときが簡単にわかってはいけない立場のお方だ。警察署長ですら、あのお方にはまったく頭が上がらないんだぞ。しかし市長や議員らにはその存在を教えられすらしない。政治家はすぐに入れ替わるからだ。その意味がおまえにわかるか？　その根の深さが。怖い。私は怖い――〟

などと取り乱しながら言うばかりで、さっぱり要領を得なかった。

そしてある日、帰宅したら家でこの二人が待ち受けていたのだった。

そして、何を問われているのかさえ不明な、曖昧なことばかり訊かれる――どう対応していいのかさえ摑めない。彼は意を決して、

「鬼乗汰さん――あなたは相当に、機構で高位の立場におられるようですが……そのあなたがわざわざお出《い》でになるような話なのですか、深陽学園内のトラブルが？」

そう切り出してみる。するとカチューシャが、

「ははっ――」

と鼻で笑った。亮が眉をひそめると、鬼乗汰が、

「君の今の発言――とてもレベルが低い。それとも我々を疑ってのことかな？」

と冷たい口調で言ってきた。亮はさすがに腹が立って、

「挑発はやめてください。現時点で僕のレベルが低いとして、あなた方から明確な指示がないのだから、それを上げようがないでしょう」

「レベルを上げるとか、そんなこと言ってるから、駄目なんだけどねー……あのさあ、世界の落とし穴ってのは、どこにあるかわかんないわけ。地位が上とか、立場が下とか、そんなものに囚《とら》われている間は、真の危機には決して気づけない——だから統和機構が要る。メンツやら派閥やら既得権益やらに縛られまくっている一般の人類では、完全に新しいところからくる〝敵〟に対応できないから——あんた、まさか自分の〝箔《はく》を付ける〟ために機構に協力してるつもり？　馬鹿馬鹿しい——機構に目を付けられるってのは、いつでも犠牲になることを覚悟しろ、って話だからね」

と、内容の重さに全然似つかわしくない、適当で軽い口調で言った。続いて鬼乗汰が、

「それで——どうも君にはまだ、その覚悟が足りなそうなので、当分は引っ込んでいてくれ、というのが我々の〝明確な指示〟だな。深陽学園に起こっている事態に、君は対処しないでくれ。君の介入が不安定な状況をさらに見出《みいだ》す恐れがあるからな」

これまた飄々とした感じで言う。亮が屈辱に奥歯を噛みしめていると、カチューシャが身を乗り出してきて、

「まあ、良かったじゃんか——たいていの場合、邪魔だと思われたら消されるのがオチなんだからね？　おまえは少なくとも、まだ利用価値があるって見込まれてんのよ。まあ、仲良くしましょう、ね？」

と右手を差し出してくる。

「…………」

困惑しながらも、亮もしかたなく右手を出す。二人は握手する——すると彼の手に激しい痛みが走った。

「——っ！」

びっくりして手を引っ込めると、カチューシャが笑いながら、

「今、おまえの手に〝ビーコン〟を打ち込んだからね——どこにいても、おまえの位置は私に筒抜け。当分はそのつもりで行動しな。いや安心しなよ、いかがわしい場所に出入りするときは見て見ぬフリしてやるからさあ——ははっ」

と天使のような笑顔で言い放った。

……二人が帰った後、亮はあれこれ訊いてくる親を無視して、自室に閉じこもって、考える。

（くそ、どうする——おとなしくあいつらの言いなりになるべきか？　いや——）

それでは駄目だ。ビクビクしているだけの親と同じになってしまう。

（いくらでもやりようはある――僕が表立って動かなければいいだけの話だろう？　そうとも、それこそ炎の魔女を利用すればいい……！）

＊

……そして、鬼乗汰とカチューシャの二人は、

「生成亮をどう思った？」

「典型的ですねー。能力があるかどうかも確認するまでもないっつーか」

「彼の才能など問題ではない……肝心なのはその性格だ。あれだけ煽ってやれば、ヤツは必ず自ら危険に突っ込んでいくだろう――」

「馬鹿ですねー。あれでも自分にまだ価値があると本気で信じてんですかね？」

「いや、役には立つ――囮《おとり》として充分に価値はある」

「はは、それはそうですね。――しかしギノルタ、深陽学園というのはそんなにヤバいんですかね？　資料を見た限りだと、そこまででもないような――」

「そうだな。資料だけでは、私にも判定はできない」

「へ？」

「しかし――数ヶ月前に、百合原美奈子という生徒が失踪した辺りで、確かにあそこで〝なに

か〟があった。だが——それについては深入りしてはならない空気が私よりも上層部で生じた感触があった——故意に無視される、という表れ方で」

「……それって」

「もちろん、私も追及などしない——だが、後始末は必要だ。だから探っている——個人的に以前から引っかかっていたこともあったし」

「例の〝霧間凪〟ですか。ギノルタは彼女となにか因縁が？」

「————」

「ああ、いや——別に知りたいわけじゃないですから。はい」

「とにかく、あそこに関して以前のことはもはや問わないが、これから起きることに関しては神経質でいる必要がある——だから生成亮には、そのための捨て石になってもらう。カチューシャ——わかっているな、君が呼ばれた意味を」

「はい。いざとなったら、私の〈オルガン〉で深陽学園もろとも、何もかも大規模爆撃ですべて吹っ飛ばしてしまえばいいんですね？　生成亮につけた〝ビーコン〟に照準を合わせて」

「そうだ。学校関係者を皆殺しにすれば、後で手間が省ける——」

「霧間凪も殺していいんですか」

「死んだら、それはそこまでの話だ」

＊

生成亮には、確かに他人に優れる不思議な才能がある。

彼は人間が〝開き直る〟瞬間を見抜ける。それまで何かを隠していて、それをとうとう表に出す、そのときの人間を見ると、ぴん、と来る——心の中で人が壁を乗り越えてしまうのを、事前に感知できるのだ。それは要するに〝キレる〟のがその寸前にわかる、ということである。

これはちょっと観察力のある人間なら、誰でもそれくらい見抜けそうなものではあるが——だが彼の実感としては、そもそも他人がその人間のことを気にしなくなるから、その者は〝壁〟を越えてしまうのである。だから気づかれず、いきなりキレてしまったように見えるのだ。どんなに観察力がある人間でも、見ようとしないものは分析できない。そして彼は、その〝見えないこと〟を感じるのである。

かつて殺人未遂犯を止められたのも、駅前にいたその男が他人から無視されているのを感じたからだし、他にも同類の事件を防いだのも、すべてその感覚によるものだ。彼はそのときの人間の状態を〈クロース・トゥ・エッジ〉と呼んでいて、これは統和機構における彼の能力名にもなっている。彼自身がそれを使うのではなく、他人がその状態になっているのを感じるだけなので、彼としては実は、それが特殊な能力であるという自覚が薄い。だから学校などでは

〝お祓いさん〟と自称しているのだ。人間のトラブルというのは、彼から見たらすべて、この〈クロース・トゥ・エッジ〉が原因といってもいい。誰かに無視される、みんなにわかってもらえない、その不満があらゆる揉め事の核にある。だからその不満を取り除けば、大抵のことは雲散霧消する。まさしく厄を祓うという状態になる。

病気などでも同じで、それがどれだけつらいのか、どうすればそれが治るのかを、本人だけではなく周囲の者も正しく理解すれば——あきらめる、ということも含めて——そこにトラブルはなくなる。理解——それが何よりも重要なのだ。

生成亮がこの曖昧きわまる感覚を〝能力〟だとゴリ押しして統和機構に取り入った経緯は、鬼乗汰栄二に見抜かれた通りだ。彼も自覚しているが、そこには特に使命感もなく選ばれし者であるという陶酔も薄い。自分は底が浅い、だからこそ機構に敵視されずに済んでいる——というのが彼の自己評価だ。きわめて優秀であるのは間違いないが、その身の程を知っている……そう考えている。

(だからこそ——鬼乗汰に言われるまでもなく、深陽学園で異常が生じていることぐらい、前からわかっていた——だが機構に報告するのは、大事になりすぎるから控えていただけなのに……くそ、予測よりも早く連中が出張ってきたのは何故《なぜ》だ……しかし今は、それを気にしている場合ではない……！)

鬼乗汰よりも先に、事態を解明して、解決しなければ彼の立場がない。今後に大いに影響する。

　他人に無視されることに敏感な彼でなくとも、無能と判定されたら機構で居場所がなくなるのは容易に理解できる。あのカチューシャの態度は、無論こちらを挑発しているのだろうが……厳然たる事実を述べているだけ、というのも間違いないのだ。

（僕ごと始末する、というのも既に選択肢に入っているに違いない……どうする……）

　彼としては現在、できる限りのことはやっているつもりだった。しかし向居準一を利用して霧間凪を見えない敵にぶつける、という作戦もどうやら破綻したらしい。彼にやれることはなく、後は凪に任せるしかない、という実に不快な状況になってしまっている。

　彼は、いてもたってもいられず、霧間凪が向居準一を病院に運んでいる最中に、彼女に先んじるべく行動を開始した。カチューシャにマークされている危険性があるが、それでも動かずにはいられなかった。

　手掛かりはたった一つ……最後に向居が会いに行った女子生徒、名前は確か――南野梨杏。

（昼休みのうちに、そいつがどういう感じなのか見極めておく必要がある――急がなければ……）

　彼がそのクラスに到着したとき、南野梨杏は級友とお喋りをしているところだった。向居とは接触していないのだろうか？

（ヤツがこのクラスに接近していった辺りで、回線が急におかしくなったんだよな……何かある可能性は高いが……）

向居が乱入して、暴れたのだとしたら、それから五分と経《た》っていないのだから、まだそのざわめきが残っているはずだ。しかし、クラスは傍目には平常運転そのもの——なにも感じ取れない。

（うーむ——〈クロース・トゥ・エッジ〉に陥っている者もいない。南野梨杏にも異変はない——くそ）

彼は焦りつつも、平静を装って、南野梨杏に接近していく。女子たちの話し声が聞こえてくる。

「——でも気をつけなきゃね。変なトラブルに巻き込まれて怪我とかしたら馬鹿みたいだし」

「気をつけてればいいのかな……」

そこで彼は、かなり強調した声で、

「いやあ、気をつけるだけじゃ駄目だね」

と二人に話しかけた。

「呪いには単なる根性論では対抗できない。気合いではどうにもならない。しっかりとした対策が必要だ」

自信満々の態度で、南野梨杏の反応をうかがう。ただうんざりした表情で、特に気をつけるべきものはない。あまり深追いもすべきではないので、

「まあ、それでも気をつけないよりはマシだから、君たちは他の奴らよりは意識が高いよ。でも忘れるなよ？　呪いはいつだって、すぐ近くに迫ってるってことを」

と適当に話を切り上げる。

「はあ……」

「何かあったら、僕を頼ってくれていいからな。いつでも相談に乗るよ」

そう言って、その場を離れる。成果はなかった。あるとしたら、改めて〝呪い〟の噂が広まっていると確認できたくらいだ。

学校の呪いのことをこそこそ噂しあっているときの少女たちには、微妙な高揚がある。それは〈クロース・トゥ・エッジ〉を薄める効果のある現象だ。

(根拠が見えない〝ただぼんやりとした不安〟を、たとえ根拠がなくとも〝呪い〟として定義すると、人はその不安に打ち勝ったような気分になる――)

昔の人々が、どうしようもない天災に見舞われて絶望したときに〝これは祟《たた》りだ〟と言っていたのは、その断定こそが安心につながっていたからで、これは科学が進歩した現在であっても変わらない。

(そうやって安心していれば、本当の危機が迫ったときの〈クロース・トゥ・エッジ〉の視《み》え方が違ってくるからな――より際《きわ》だって、浮き上がってくる)

今では、この彼の工作は学校中に浸透している。県立深陽学園は呪われている、というのは、生徒たちだけではなく、周囲の街でも囁かれている。その噂に引きつけられて、さまざまなものが吸い寄せられてきている。

（それを足がかりに、統和機構で確固たる足場を築こうとしているんだが、少々やり過ぎたか——いや、これは必要なリスクだ）

彼はあれこれ考えながら、廊下を歩いていた。

そしてなんとなく窓の外を見る。すると校庭の隅に、奇妙な影を見つけた。

地面から筒が生えているような、風変わりなシルエット——帽子をかぶって、マントで身を包んでいる。

（あれは——）

あの仮装した姿は、前にも何度か見たことがある。二年生の宮下藤花が、ああやって変身してウロウロしているのを——しかし彼には関係ないので、別に放置している。

（ストレス溜まってんだろうな——問題のある彼氏との軋轢《あつれき》が絶えないんだろうよ）

それぐらいにしか受けとめていない。しかしあんなに堂々と出てきてしまってはさすがにマズいんじゃないのか、と思ったら——案の定、廊下の先の階段を、風紀委員長の新刻敬がすごい勢いで駆け下りていく。コスプレ遊びがとうとう見つかったか。

（あーあ、注意されるかな——可哀想《かわいそう》に。せっかくの気晴らしが……）

と校庭に眼を戻すと、もう黒帽子の姿はない。しかし逃げたところで、どうせ後で呼び出さ

れて……と彼が考えていたところで、ふいに背後から、

「いやあ、新刻さんはああ見えて頭が柔らかいからね――きっと見逃してくれるよ」

と声を掛けられた。ぎょっ、となって振り返ると、そこには今の今まで、校庭にいたはずの黒帽子が立っていた。

「な――」

「君は、以前から何度かぼくのことを見つけていたよね、生成亮くん――そして今も、自然とぼくの姿を眼で追っていた……どうやら君も、この学校に潜む〝なにか〟を探しているようだね」

その、宮下藤花の顔をしているヤツは、静かな調子でそう言った。優しげなような、馬鹿にされているような、なんとも言いがたい左右非対称の表情で。

昼休みの終了を告げるチャイムが鳴り響く――。

＊

「な、なんだおまえ？」

「名前はブギーポップ、ということになっているね」

「なんだそりゃ？　そういうキャラクターなのか？」

「まあ、君がその名前を知らなかったというのは、君の立ち位置を明確に表しているね」

既に午後の授業が始まっている。廊下にいるのは、はじめからサボるつもりだった亮と黒帽子だけだ。

「どういう意味だ？　僕が流行を知らないのが悪いのか？」

「いや、君は噂をばらまく方で、噂のことを掘り下げる立場じゃないってことさ。人それぞれ、役割が違うんだろう」

「……何言ってんだ？」

「だって、君だろう――学校の呪いがどうのこうのって言い回っているのは。そして皆は、君から聞いたことも忘れて、それを共有している」

ズバリと言い当てられて、亮は顔を強張《こわば》らせた。

「……何を根拠に、そんなことを決めつける？」

「別に根拠はない。君が〝そんなことない〟って思うのなら、そうなんだろう。意味はないけど」

黒帽子の言い方は微妙に引っかかる。亮はイラついて、

「おまえの役割は何なんだよ、宮下。そんなヘンテコな格好をしてうろうろすることか？」

あえて名前で呼んで、相手を揺さぶろうとした。しかしこれは完全に無視されて、淡々とした口調で、さらに、

「いや、ぼくは自分では自分の役割を自覚できないんだ。なにしろ浮かび上がるのは自動的なんでね。いつも困っている」

　と変なことを言い返された。

「なんだそりゃ――」

　亮が顔をしかめたところで、黒帽子は、

「君と同じだよ、生成亮くん。君だって自分が何者か知らないし、自動的にぱっと理解だけしかできず、その根拠はわからない――君もきっと、ぼくの同類だよ」

　ますます困惑するようなことを言ってきた。

「な――何言ってんだ？　なんで僕が、おまえと同じなんだ？」

「君が、ぼくのことを見つけられるのは、そういうことなんだよ。君もまた、世界の危機に反応して動員される哀れな人形の一つなんだろう」

　黒帽子は、まったくふざけた様子もなく、大まじめな顔である。亮は首を左右に振って、

「おまえは――おまえも〝構成員〟なのか？」

　そう訊いてみるが、黒帽子はこれには応えず、

「君だって、心の中の〝そいつ〟に名前を付けているんだろう。何故なら、それは君自身とは少しばかりズレているから――別のものとして把握しておかないと落ち着かないだろうから」

　と奇妙な言い回しをしてきた。しかし当然、亮にはその意味がすぐにわかる。

（な、なんでこいつ——僕の〈クロース・トゥ・エッジ〉のことまでわかっているんだ？）

混乱している亮に、黒帽子はさらに、

「だから、あまりアレコレ考えすぎた作戦はやめた方がいい——君の感性を、君の理性で制御できるとか思わないことだ。君の小賢《こざか》しさは君を救わないし、事態を整理もしない——それこそ呪われているのと同じだ」

彼がこの学校でしていることを否定するようなことまで言ってきた。亮はかっとして、

「呪い、だって——おまえに呪いのなにがわかるんだ？　専門家である僕よりも詳しいと？」

「君は呪いを軽く考えすぎている。自分が恵まれた環境で育ったからなのか、人の心の暗い側面をあなどっている——それは君が簡単に制御できるようなものではない。傍から見ると、お祓いさんである君は自身を一番お祓いできていない。他人の葛藤を解決してやっているようで、自分をただひたすらに、暗い穴の底へと追い込んでいるだけだ」

黒帽子の言い回しに、亮はふいに思い当たる節があった。同じようなことを、前にも言われたことがあったのだ。

「そ、そうか——おまえ、あいつの手下か？　末真和子——あの忌々《いまいま》しい〝博士〟の信奉者なんだろう？」

「ふむ。末真さんか。彼女も大変だね、君にアドバイスしたら逆恨みか」

「そう言えば、なんとなくあいつとおまえは、話し方も似ているような気がする——いきなり

訳のわからないことを言ってきて、こっちを混乱させるんだ——待てよ？　もしかして、末真も〝構成員〟だったりするのか？　あいつが鬼乗汰に、僕のことを密告したのか？」

「落ち着きなよ。君は自分が思っているよりも、ずっと不安定な人間なんだよ。と言うより、安定など人間には最初からない、という方が正しい——」

「いい加減にしろ！　てきとうな話ばかりしやがって——」

彼は思わず手が出た。宮下藤花の着ているマントの襟を摑もうとした。

しかし、その手は黒帽子の流れるような動きに、するるっ、とかわされてしまう。よけられる、というよりも、それはなんだか錯覚を摑もうとして、何もなかったときの感触だった。

幽霊を相手にしているような気がした。

「おまえ——いったいなんなんだ……？」

思わずそう呟くと、黒帽子は片眉を上げて、左右非対称の表情で、

「だからブギーポップだよ——いいかい、忠告はしたからね。危機から逃げられるかどうかは、君次第だ」

と言うと、いきなり窓の外へと、ひらり、と身を翻《ひるがえ》した。

あっ、と亮があわてて駆け寄ったが、窓から身を乗り出しても、下には黒帽子の姿は影も形もない。音もしなかった。

（な、なんだ——下の階に飛び込んだのか？　それにしても——）

彼が絶句していると、さっきの大声に反応したらしい教師が廊下の曲がり角から現れて、

「こらっ、もう授業は始まっているんだぞ！」

と怒鳴ってきた。亮はそれにも反応できずに、ただ立ちすくむだけだった。

＊

末真和子――。
生成亮が最初にあの少女と出会ったときには、別になんとも思わなかった。ただのそこら辺のありきたりな、ちょっと地味めの女子高生、としか感じなかった。真面目そうな風貌で、実際に勉強もできて、でもあまり受験とかにギスギスしていなくて堅苦しくない、平凡で意外性の何もないヤツ、そんな印象だけだった。
いや――そのイメージそのものは、全然変わっていない。真面目だし、勉強もできるし、そして人当たりも悪くなくて、典型的なただの〝いいひと〟でしかないのは事実だ。
だが――彼女の異様さは、その先にある。頭がいい、というのがときにどれほど奇妙なものとして感じられるのか、彼女はその具体例だった。
それは何気ない日常でのことだった。
亮が休み時間に女子たちのお喋りを、聞くともなしに聞いていたら、

「でもさあ、やっぱ世界って裏から支配されてんじゃない？」

「なぁーに中二みたいなこと言ってんのよ。頭悪そー」

「でもさ、あると思わない？　なんかおかしいな、って感じることあるじゃんか。そういうときに裏になにかでっかい陰謀があるかも、って気がしない？」

「先生とかも時々ワケわかんない意地の張り方するよね。あれって悪の組織に支配されてる、とか？」

「わはは。あれって洗脳されてんの？」

「なーんか頑《かたく》なに決めてくんないときあるよね。先生本人が判断してくれなくて、それは明日、とか言い張られて」

「困るよねー。それで別になんかあるわけじゃなくて、結局ダメって言われるし」

「ねえ末真、あれって何なの？　世界を支配してる裏の組織ってどんなだと思う？」

その他愛のない与太話を振られて、末真和子は少しだけ考えて、そして、

「そうね――まあ、少なくとも先生たちはそういうのがあっても気がついていないと思うから、言っても無駄でしょうね」

と言った。他の女子たちがきょとん、としている中、末真は落ち着いた調子で、

「だって――それだけ強い組織だかなんかがあったら、まずそのことで威張ると思うのよ。これだけ支配しています、だから自分たちはすごい、って誇示して、それでみんなに言うことを

聞かせるんじゃないかな。その存在を内緒にしてる時点で、その組織は世界を支配することとは別の目的があるとしか思えないのであって、そして残念ながら、先生たち程度だったら、利用されるだけの方にしかならないんじゃないかなあ。だって県立高校なんて、そこまで社会に大きな影響力ないし」

静かな口調で、学校組織全体を冷静に切って捨てた。皆は話についていけずに、ぽかん、としてしまう。末真は、はっ、とした顔になって、やや焦り気味に、

「ま、まあなんかはあるかもね。でもそんなに気にしてもしょうがないよ。わたしは、先生に怒られてるときは〝きっと家のローンが大変なんだな〟って思うことにしてるよ」

と言うと、皆はほっ、とした顔になって、

「ああ、そういや末真って、なんで成績がいいのにしょっちゅう怒られてんの？」

「ほんと、よく指導室に呼び出されてるよね。あれって何言われてるの？」

きゃっきゃっ、と笑い声が場に戻ってくる。末真もその輪に加わって笑っている。

しかし——それを聞いていた生成亮は、顔を青ざめさせて戦慄していた。

（あ、あいつ——なんであんなことがわかるんだ？　それも強引に理屈をひねり出した、っていう感じじゃなく、ごく自然に——）

彼が関与している統和機構は、確かに支配そのものが目的ではない——それはあくまでも、現在の人類に取って代わろうとする新しい進化の芽を潰して、今の世界を守るという大きな目

的がある——社会の管理は二の次だ。少なくとも、彼はそう理解している。それをこの末真和子は、どうでもいいようなお喋りの中で、完璧に看破してのけた——しかも、（それを理解できない友人の感情を察して、一瞬で話を変えた。気づかれないうちに……これはまるで）

自分で言っていた、別の目的があるとしか思えない……。

それから少し後になって、亮は彼女の鋭さを直に受けることとなった。彼がいつものように、呪いがどうのこうの、とクラスの女子に説明していたら、横から末真がやって来て、

「あのさあ、生成くん——よくないよ、彼女怖がってるじゃない」

と口を挟んできた。

「大丈夫だよ。僕はあくまで、呪いに対しての正しい接し方を教えてるだけなんだから」

例によって相手を安心させる決め台詞《ぜりふ》を言ったら、末真は顔を曇らせて、

「そんなもの、ないよ」

と断言してきた。その決めつけっぷりに、亮は一瞬口ごもる。そこに末真はさらに、

「前から思っていたんだけど——生成くんは、強い言葉を使いたいだけなんじゃないの。ちょっとウケようとしてるよね、呪いとか言いふらして、みんなの上に立とうとしてる気がする」

「な、なんだよ……強い言葉って——ずいぶん曖昧な表現だな？」

なんとかそう言い返すと、末真はふう、と息を一つついて、

「曖昧にしてるのは、生成くんでしょ。呪いって言葉をわざと違う風に使ってる。みんなは呪いを恐ろしいものだと思っているのに、あなたはそれを単なる〝不注意〟みたいなものとして使ってる。気をつければいい、って。そのズレがかなり深刻だと思う」

末真は淡々と、当然だろう、的な感じで言ってくるが、言われている生成には何が何だかさっぱりわからない。

「おいおい、話がズレてるのはそっちだろう。何を難癖つけてるんだ。呪いだからってそんなに怖がるな、って言ってるんだぜ、こっちは」

「その言い方が強がってるのよ、既に。あなたはみんなが呪いって言うと、そんな馬鹿なって思いながらも多少は怖がることを前提にしてその言葉を使ってる。自分は怖がっていないけれどね、って念押ししながら。でも……気づいていないのかも知れないけど、あなた、そんなに強くないよ。無理してるだけだと思う」

また断定される。しかしどういう言いがかりなのかさえ、生成にはピンとこないので混乱するだけだ。

「だから、さっきからいったい何の話を——」

思わず亮が大声を上げたところで、それを聞きつけて、

「ちょっと！　これは何の騒ぎ？」

と割って入ってきた者がいた。

新刻敬──風紀委員長だった。

その小さな身体で、彼女は生成と少女たちの間に立ちはだかって、

「なんなの？　末真さん──あなたまた、小難しいこと言って相手を怒らせてるの？　それに生成くん──あなたも、嫌がってる人に呪いだなんだって言うのはいい加減やめて！」

と立て板に水を流すように、すらすらと両方を同時に叱りつけた。生成は勢いに呑まれて、うっ、と唸ってしまったが、末真の方は、

「そんなつもりなかったんだけど……怒らせたのなら、謝ります」

と即座に対応した。そうなるとその場の者たちの視線はみな、亮の方に集中する。

「うう……」

「生成くん、どうなの？　あなたの言い分は？」

新刻敬はさらに詰めてくる。亮は顔を赤くしたり青くしたりしながら、なんとか、

「……誤解だよ。こっちは怒っていないし、無理に話を押しつけていたつもりもないよ。君だって」

と、最初に彼が話しかけていた少女に目を向けて、

「そんなに怖がったりしてなかったろ。ただ変なノリで話しかけられて、迷惑だったかも知れない。それは悪かったよ」

と矛先を新刻と末真からそらして、誤魔化した。言われた少女は、戸惑い気味に、しかし自分がトラブルの中心になることを避けたくて、

「……え、えと……もういいです、委員長」

と新刻に言う。

「そう？　それでいいの？　――じゃあこの話はおしまい！　はい、みんな散った散った！」

ぱんぱん、と両手を打ち鳴らす。実に手際《てぎわ》がいい。見た目がちっちゃくて可愛らしすぎることを除けば、風紀委員長になるためにこの深陽学園に入学してきたみたいな娘である。

生成はさっさとその場から離れたが、末真の方は、

「ねえ、新刻さん――」

と、たった今自分を叱りつけた相手になにやら話しかけていた。新刻の方もあれこれ返事をしているが、亮にはもう二人の会話を盗み聞きするだけの余裕はなかった。

……こういった一連の経験が、生成亮が末真和子に抱いている印象だ。実に腹立たしく、忌々しい相手だ。鬱陶しくて極力近寄りたくない。

(だが――こうなっては、そうも言っていられない……)

向居準一から霧間凪にアプローチする、というやり方が破綻してしまった今、彼が採れる方策はほとんどない。この学校に潜む謎の存在をあぶり出すためには、新しい手段が必要なのだ。

（確かに……おせっかい焼きで有名な末真和子だったら、ちょっと情報を漏らすだけで、勝手に首をつっこんでくれるかも知れないが……だが）

霧間凪に代わる新しい〝餌〟として末真を起用するのは、彼には大いに抵抗があった。なにか嫌な予感がある。感覚的なもので、うまく言葉にならないが、それは要するに、

（手柄を横取りされそうな気がする――）

のだった。しかしそれを明確には言語化しない。明らかに苦手意識があるが、そこからも目をそらしている。

（どうするか――）

その日の授業が終わり、放課後になったところで生成亮は選択を迫られていたが、しかしその必要はなかった。

「ああ、生成くん――いたいた」

クラスメートが、廊下で彼に声を掛けてきた。そして、

「さっき、末真さんが君のことを探してたよ」

と意外すぎることを言ってきた。

「は？　なんで？」

亮は思わず声を上げてしまった。相手は肩をすくめて、

「さあね、君、なんかしたんじゃないの。あの〝博士〟に説教されるようなことを、さ。さっ

さと謝った方がいいかもね――」

と笑いながら去って行った。

(…………?)

亮は困惑していた。

しかし廊下の先に、末真和子の姿がちら、と見えたところで、彼はあわてて背を向けて、足早に逃げていた。そして隠れて、彼女を陰から偵察する。

彼女はきょろきょろと、明らかに人を探していた。ちょっと連絡事項があるだけ、という風には見えない、真剣な印象があった。

(な、なんでアイツの方から、僕のことを探りに来るんだよ? 話が逆だろう――)

彼が角から覗いていると、末真は亮が既に下校しかけていると判断したのか、校門の方に向かった。亮も跡を追う。彼女は学校の敷地《しきち》外に出て、バス停付近の生徒たちが大勢いるところのあちこちに首を突っ込んでいる。何度か友達から挨拶されているが、ああ、とか、うん、とか適当に返事するだけで、とにかく亮を探している。

(なんなんだよ――ん? 待て待て、あれは――あそこにいるのは……)

物陰からも、その姿が見えた。皆が待っている箇所から車道を挟んだ向こう側に、一人の男が立っている。

髭面で、どこか困ったような顔をしている陰気な男――鬼乗汰栄二だった。

学校の方を見上げて、しげしげと観察している。

（とうとうここまで来やがった――学校に、直に乗り込んでくる気か？）

彼が警戒していると――そこで、またしても意外なことが起こった。

末真が、その侵入者の存在に気づいた。その姿を見つけるや否や、彼女は――早足で横断歩道を渡って、鬼乗汰の下へと向かっていく。

（な――ななな、なんなんだ？）

亮は訳がわからない。末真はいったい、どういうつもりなのだろうか？　彼女は何がしたいのだ？

鬼乗汰の方も、突然に女子高生に突撃されるとは思っていなかったようで、面食らった顔をしている。末真は明らかに、けんか腰で相手に詰め寄っている。鬼乗汰が身分証を出しているのも見えた。しかし末真はそんなことお構いなしのようで、さらに言いつのっている。

（ど、どういうことなんだ……まさか本当に、末真は〝構成員〟だったのか？　いや、だったらこんな堂々と、公衆の面前で鬼乗汰とやり合ったりしないだろう――ううう……）

そうやって、亮が校門の陰でがたがた震えていると、すうっ、と背後に人影が立った。

「………」

彼を冷たい眼で見ていたが、やがてその口元に、うっすらと笑みを浮かべて、そして、

「あのう――生成くん？」

と声を掛けてきた。びくっ、と彼が振り向くと、そこに立っていた女子高生は、微笑みを浮かべたまま、首を少し横に傾けながら、

「よかったら、相談に乗って欲しいんだけど――いいかな？　ほら、ちょうどバスも来たし。駅前の喫茶店あたりで話を聞いてくれないかなあ？」

と穏やかな調子で言った。

臼杵未央だった。

＊

店内はそれなりに客がいて、あれこれと話し声が響いている中、生成亮は臼杵未央と向かい合わせで席に着いた。

喫茶〈トリスタン〉の内装は派手でも地味でもなく、凡庸で誰でも受け入れます、という風《ふ》情《ぜい》だ。やたらと甘いクレームブリュレ・ラテが最近一部で評判だが、それで客が押し寄せるというほどでもなく、比較的落ち着いている。

店内BGMに、緩やかで優しい曲調のキング・クリムゾン〈アイランズ〉が流れている下で、臼杵は亮に話し始めた。

「私たちって、いつから呪われてるんだろうね？」

「え？」

「いや、確かにそうなのよね。呪われてる——ずっとそんな気がする。なにかうまくいかない。本当ならもっと良いことがあるはずなのに、それが止められてる——そういう気持ちが続いている。どこかで誰かが、私が幸せになることを邪魔してる、その気持ちが胸の奥でごりごりと固まっている感じ——そう、気のせいなんかじゃない。確かになにかがある。そうでしょ？」

「ああ、いや——」

「みんな、人生には色々と期待しているよね？　こうあって欲しい、こうなるべきだ、こうなるのが当然だろう、こうならなきゃおかしい、って——でも、それが叶《かな》えられることはほとんどない。どうして？」

「ええと——」

「これが呪いだとしたら、私たちはいったいいつからこの攻撃を受けているんだろう。敵はどこにいるの？」

臼杵はあくまでも穏やかに、静かに、淡々と話しているので、亮には逆に彼女が何を言っているのか、よくわからなくなってくる。ひとつひとつの単語の意味はわかるのだが、それがつながって流れてくると、全体の構造が摑めなくなる。

「あの、臼杵さん……？　それで、僕に相談というのは？」

話を整理したくて、そう切り出してみた。臼杵はうなずいて、

「生成くん、いつも言ってるよね……〝正しい呪いとのつきあい方〟って。私も、それを知りたいなあ、って思って」

と言った。その眼はどこか笑っている。小馬鹿にされているような気もするが、しかしそれは亮にとっていつものことである。彼は気を取り直して、

「そうだね……まず大切なのは、自分の立っている足場が絶対的なものではない、という考えを持つことだね。常に不安定で、変わりっこないって思っていることも、実は結構壊れやすいんだって考えることだよ」

「ふむふむ」

「呪いというのは人から判断力を奪ってしまう。〝もうダメだ、おしまいだ〟と絶望させる。しかしそれは錯覚で、大きな視点に立てば逃げ道はいくらでもある、そう思うことで気を楽に保てるんだ」

「逃げる――って、どこに？」

「乱暴なことを言えば、学校で嫌なことがあるなら、やめちゃったっていいんだ、って割り切るとかね」

「ずいぶんとつまらない意見に聞こえるけど」

「まあ、これは極論だよ。しかし呪いというのがまず、人間の心の中の問題だというのは確かだよ」

「ああ、それには賛成するわ」

「だろう？　悪いことは現実にあるけど、それと呪いは実はあまり関係がない。人間は理由なくひどいことが起きるのに耐えられない。たとえ自分をおとしめることになっても、悲劇に理由が欲しいんだ。だから呪いを必要とする――」

亮が話している途中で、臼杵はふいに、

「ところで――水乃星透子について、あなたはどう感じているのかな」

と訊いてきた。脈略なく、話の流れをぶった切って差し込んできた。

「水乃星――か？」

「だって、うちの高校の呪いって、あいつが死んだから、なんでしょ。その怨念が渦巻いてるんじゃないの」

「いやいや――それはきっと、ただのこじつけだと思うよ。彼女が何を悩んで飛び降り自殺なんかしたのか、もう誰にもわからないけど、それとこれとは――」

と言いかけたところで、臼杵はまた、

「水乃星透子のことを、あなたはどう思っているの？」

と問いかけてきた。

「どう、って――正直、あまり印象はないよ。彼女はあまり目立つタイプじゃなかったんじゃないかな」

亮がそう答えると、臼杵はいきなり、

「――はあぁぁっ――ったく……おまえもかよ」

と大きな溜息をついた。

え、と亮が驚いていると、彼女は上目遣いに彼を睨みつけて、

「みんなそうなのよね――どうしておまえら、あいつのことを憶えていないの？　水乃星透子が印象の薄いヤツだった？　馬鹿馬鹿しい――おまえらが、あいつと一緒に大騒ぎしてたのを、ほんとうに忘れちまったっていうの？」

と忌々しそうに言った。態度が変わっている。それまでの温厚な雰囲気が吹っ飛んでいる。

「信じらんない――おまえといい、穂波顕子《ほなみあきこ》といい――あいつと一緒にすっかり世界の救世主気取りだったじゃねーの……いや最初は芝居を疑ったけど、やっぱり完璧に忘れられてんのね、水乃星は――」

「お、おい――何を言ってる？」

「それはこっちのセリフよ。水乃星の呪いが掛かったままなのに、全然気づいていないんだからね。まったくおめでたいヤツね。なにがお祓いさんよ。まず自分をお祓いしてから使えっつーの、そういう名前は」

「な、何の話だ？」

「だいたい、なに他人事みたいに〝飛び降り自殺〟とか寝言ほざいてんのよ。あいつはブギー

ポップに殺されたんだろーが？」

　臼杵未央は、はっきりその名を口にした。

＊

（ブギーポップ――）

　亮の顔色が変わった。それを見て臼杵は、

「ふん――」

　と鼻を鳴らして、そして、

「今の反応――おまえは既に〝接触〟されているみたいね――名前だけは知ってる、なんてのはあり得ない。あれは女の子の間だけの伝説で、そしておまえみたいなのにわざわざ打ち明けてくれる相手なんかいるはずがないし――」

　と、かなり明け透けにひどいことを言って、さらにこう訊いてきた。

「なあ――ブギーポップって、ほんとうに宮下藤花なの？」

（…………！）

　亮はびっくりして、思わず立ち上がってしまった……しかし、次の瞬間、背後から凄い力で押さえつけられて、椅子に戻された。

「——っ？」

振り返ると、全然知らない男たちが二人がかりで彼の肩を摑んでいた。店にいた他の客だった。

ぎょっとして、周囲を見回す——いつのまにか、店内は静まりかえっていて、そして店員も客も、その場にいる全員がこっちの方を無表情で見つめていた。

（な、なんだ——？）

混乱する亮に、臼杵未央は淡々と、

「当然でしょ——私が直に、この場にいるんだから。遠隔の暗示とはワケが違う——〈シャドウプレイ〉でこいつらの自我をまとめて吹っ飛ばすのは造作もないこと。単に暴れさせるなんて次元じゃない、より精密なコントロールができて当たり前——おまえの出来損ないのものの能力なんかじゃない、本物のＭＰＬＳなんだからね、こっちは」

そう言った。そこには威嚇すらなく、ただ事実を告げているだけの素っ気なささえあった。

「き、きさまは——」

戦慄する亮に、

「まさか、って思うけど——自分が重要人物だから狙われた、とか勘違いしてないよね？」

臼杵未央はゆっくりと立ち上がって、後ろに手を伸ばした。すると眼の光を失ったウェイトレスが、さっ、と彼女にクレームブリュレ・ラテのカップを差し出してきた。

顔を向けもせずに、彼女はそれを受け取り、そして一口すすって、ぽい、と放り出した。

そのカップを空中で、客の一人がキャッチした。熱い液体がこぼれて手にかかっていたが、まったく動じるそぶりも見せない。完全に火傷《やけど》しているはずだが、その苦痛を感じていない。

「甘すぎる――」

臼杵未央は亮に顔を近づけて、眼だけで笑う。

「生成亮――おまえ自身に価値なんかない。ブギーポップに遭っても殺してもらえない程度の雑魚《ざこ》にすぎない。だが――おまえには親のツテがある。利用できるのはそっちの方よ」

「う、ううう……」

「ギノルタ・エージ――例の〝ナンバー3〟とおまえには接点があるんでしょ？　ヤツを呼び出して欲しいのよ――聞いた話では、ヤツには〈ノー・ブルース〉という途轍《とてつ》もなく強力な能力があるらしい……それも、私のものにさせてもらう。そう――どんなに強かろうが、しょせんは心の問題――我が〈シャドウプレイ〉の前では無力。誰であっても呪いから逃れることはできない――」

「ううう……」

「そろそろ、ニブいおまえにも視えてきてるんじゃない？」

そう言われて、亮ははっとなる。

視界の隅に、赤い線が食い込んできている。ひび割れのように、じわじわと、視覚を認識している脳そのものが圧《お》し潰されていくのが見える——力任せに圧倒されている。

そして手も、足も、胴も、赤い線でぐるぐる巻きに縛り上げられていく。もはやそれが幻覚なのか現実なのかさえ意味がない。亮からすべての確かな感触がなくなっていこうとしている。

（う、ううっ——ぼ、僕は——）

しかし、自分だって統和機構に認められた能力者のはずだ。いくら侮《あなど》られようとも、かつて子供たちを無差別殺人鬼から守ったのは事実なのだ。あのときの直感は真実だ。彼には他の者にはできないことができるはずなのだ——。

（わかるはずだ——道が視えるはずなんだ——僕には〈クロース・トゥ・エッジ〉が……）

亮は最後の気力を振り絞って、目の前の少女を見つめた。そこにあるはずの、彼女の弱点を探した。

すると……彼女の周囲に、ぼんやりと影がある。ゆらゆらと陽炎《かげろう》のように揺らいでいる影——なんだか見覚えがある。

（知っている、僕はあの影を知っている——なんだ？　あの影は——）

それは妙に不安定で、端がギザギザとささくれだっていて、へらへらと笑っているようなおぞましさがあって——しかし、なじみ深い。なじみすぎている。まるで憂鬱なときに鏡を見て溜息をつくときのような不快感があって——。

（鏡、って……まさか、あれは、あの影は……僕自身、なのか？）

それは生成亮の〝自己嫌悪《けんお》〟だった。それが影となって、そこに立っている――どうして臼杵未央に、亮のイメージが影となってまとわりついているのか？

（ヤツを視ているのに、そこには僕がいて――ま、まさか、ヤツの〝呪い〟というのは――）

亮が気づいたところで「ほ」と臼杵未央が感心した、という風に吐息を漏らして、

「おやおや？　何か理解したみたいね――どうやら完全に無能ってワケでもなかったらしい。しかし――」

彼女の口元が、きゅうっ、と吊り上がった。嘲笑する。

「――手遅れだけどね、結局」

そして視界のありとあらゆるところが赤い線によって埋め尽くされる。なにもかもが踏み潰されて、押し流されていく――。

……店内のＢＧＭが、いつのまにか変わっている。〈アイランズ〉ではなく〈フォーメンテラ・レディ〉になっていた。

（あれ……？）

生成亮は、ぱちぱち、と眼をしばたたいた。一瞬、自分がどこにいるか思い出せなかった。

（ええと――そうだ、ここは喫茶店だ……相談があるって言われて……ええと、この娘、名前なんだっけ……）

目の前の少女が誰だったか、どうもうまく思い出せない。

周囲は人々の和気藹々《わきあいあい》とした話し声で満ちている。ごく普通の、そこそこ流行《はや》っている店の雰囲気だった。

「でも、よかったあ——生成くんが話を聞いてくれて」

少女はにこにこしながらお礼を言ってきた。何を聞いたんだっけ、と彼が思ったときには、既に、

「いや、たいしたことないよ。僕で良かったらいつでも相談に乗るよ」

と口が開いて、喋っていた。何も考えていないのに、言葉が勝手に出たみたいな感覚だった。しかしそのことに戸惑う暇もなく、口がひとりでに動いて、

「それで、君に紹介したい人がいるんだよ。君のトラブルには、彼がきっと役に立ってくれると思うよ」

と言っていた。なんのことだ、と心の中では思うのだが、彼の身体はその意思をまったく反映しない。

「へえ、誰ですか」

少女は微笑んだまま、なんだか白々しい口調で言う。生成亮の身体はこれにうなずいて、

「鬼乗汰っていうんだ。警察関係者、とでも言えばいいのかな。きっと君の力になってくれるはずだ」

と、またしても口が勝手に動いている。しかしそのことへの疑問を、亮の心はだんだん抱けなくなっていく。すべてがぼんやりとして、拡散していく——最後の一瞬、彼の脳裏をちらとかすめた言葉は、自分でも理解できなかったが……

〝呪いの正体は〈鏡〉——霧間凪に伝えなければ——〟

……というものだった。だが、その念も闇の中に引きずり込まれて、消えていく。

＊

その連絡を受けたとき、ギノルタはちょっと違和感をおぼえた。

〝——ああ、鬼乗汰さん。僕です、生成亮です。ご指示の通りに学校内での活動は控えています。しかし、ちょっと興味深い話を耳にしたので——僕が学校内で頼りにされているのはご存じだと思いますが、その流れでとある生徒から相談を受けまして。その話がどうも、学校に潜む呪いの正体に関わるのではないかと思いまして。——はい、わかっていますとも。僕は余計なことはしません。判断はそちらにお任せします。——僕がレポートを出してもいいのですが、あくまでそちらが主体的に活動したいと思われているようなので、よろしければその生徒を引き合わせたいのですが。——はい、もちろんです。何も教えたりするものですか。無視してもらってもかまいませんが？　——いえいえ、とんでもありません。僕などは何者でもありませんから。ただの一民間人の協力者ですから。その立場を充分にわきまえていますよ——はい〟

（…………）

ギノルタは通話の切れた携帯端末を不機嫌そうに見つめる……。

対自壊
"Inside-Looking Out"

ギノルタ・エージは、統和機構の監査役として裏から世界を管理する役割を果たしてきた。しかし……味方の裏切り者を始末するばかりで、ほんとうの敵と対峙《たいじ》した機会はこれまでほとんどなかった。

なぜＭＰＬＳと呼ばれる〝逸脱者〟が人類の敵なのか、彼はそれを身をもって知ることとなる。

＊

生成亮からの不審な連絡も気になるが……それよりも今、彼はついさっきまで話をしていたひとりの女子高生のことで大いに困惑していた。一時間ほど前のことだったが、彼が深陽学園を外から観察していると、

「あなた、鬼乗汰さんですか？」

その少女はいきなりそう呼びかけてきた。表情が険しい。あきらかにこちらを敵視していた。

「……えと、君は？」

そう訊ねても、少女はさらに近づいてきて、

「わたしの友人が、あなたに話を訊かれたって怖がっていました。どういうつもりなんですか？」

と問い詰めてくる。彼は両手を広げて、

「まあまあ、落ち着きなさい。私の名前はもう知っているようだが、私は君のことを知らないんだよ？」

と諭したが、少女はまったくひるむ様子もなく、

「二年D組の末真和子、もちろんこの学校の生徒です。それで鬼乗汰さん、風紀委員長にも確認したんですけど、別に今、この学校から警察への通報等は一切ないはずですよね？　何しに来ているんですか？　ここは進学校で、みんな受験がらみでピリピリしているんです。警察に目を付けられた、となると進路に響くんです。無神経な行動は控えてもらえませんか？」

と一息にまくし立ててきた。ギノルタは少し戸惑ったが、すぐに意地悪な調子で、

「君は？　君は目を付けられても困らないのかな」

と言い返した。これに末真は、

「そのときは正々堂々と戦います。あなたの正式な身分を確認させてもらえませんか？」

まっすぐ言い返した。彼が偽装された、しかしどの本物よりも効力のある身分証を出すと、末真はそれを携帯端末で撮影して、じっと観察する。そして、

「これには正式な所属先の表記がありませんけど。あなたはここの土地の管轄じゃないんですか？」

と鋭く訊いてきた。ずいぶんと的確な質問をするな、とギノルタは感心してしまった。高校

生ではなく、プロの調査員みたいだと感じた。

「そうだよ。別に正式な捜査ではない。だから君の友達も心配することはないんだよ。記録にも残らないような、単なる確認をいくつかしたいだけで、個々の生徒名などはそもそも訊いてもいないよ」

「そうなんですか？　でもみんなが怖がっているのは確かなんです。訊くなら正式に、先生たちの許可の下にやってもらったらどうですか」

「それだと大事になりすぎるとは思わないかな。深陽学園の評判にも関わる、と教師サイドはきっと嫌がると思うがな」

「………………」

末真は渋い顔になった。彼女もその際の騒ぎの想像がついたのだろう。

「あの——何を調べているのか、わたしたちにも教えてもらえませんか。生成亮くんのことを色々と訊いてるみたいですけど、彼がなにか？」

末真は質問の性質を変えてきた。切り替えも早いな、とギノルタはまた感心する。こいつは利用できるかも、と思い始めた。

「君は彼についてどれくらい知ってる？」

「わたしが先に訊いてるんです」

末真は譲らない。ギノルタはうなずいて、

「彼が呪いがどうの、と言っているのは君も知ってるだろう。アレに関して悪い噂がある。それを彼のご両親が気にしているんだ」

「あなたは生成くんの親に言われて、ここに来てるんですか？」

「それについては答えられないね。しかし有力者である彼らが息子の醜聞を嫌うのはわかるだろう？」

「わたしから見て、彼はかなり慎重に行動してると思いますけど」

「しかし、彼の呪い云々《うんぬん》は、君みたいなタイプには理解しがたいのではないかな」

「わたしのタイプとか、どうしてあなたにわかるんですか？」

「わかるさ。友人から深く信頼されていて、警察にアレコレ訊かれたなんて重大な相談を受けるような人間はあまりいない。そして、すぐに行動に移れる者はさらに希少だ。ましてや」

彼はちら、と周囲を見回す。そこは学校正面のバス停のすぐ近くで、彼らのことを大勢の生徒たちが物珍しそうに見ている。

「こんな状況でも物怖《ものお》じしないタイプは、ますます珍しい——そして残念ながら、生成亮はそこまでではない。彼なりに人望はあるだろうが、どうにも鼻につく——君とは違う」

優越感をくすぐるようなことを言ってやった。そして反応を見ようとした。相手の底を測ろうとした。

しかしここで、末真は彼のことを正面から見つめてきて、

「あなたも違いますね」

　と言った。ギノルタが眉をひそめると、彼女はさらに、

「所属は警察ではないんでしょう？　彼らは現実的で、学校の〝呪い〟なんて絶対に気にしませんから。ただ警察にも影響力があるってだけでしょう。さっきの身分証も、たぶん問い合わせても、どこにも辿《たど》り着かないヤツじゃないんですか？」

　と続けた。あまりにも物怖じしない。予想以上すぎる。しかしそこに強がりとかはない。自然体で迫ってくる。ギノルタはなんだか背筋が寒くなるのを感じる。こういう感覚を、彼は以前にも一度だけ感じたことがある。彼がまだ監査部門の、その他大勢の一人だったときに〝あのお方〟と初めて出会ったときに感じた、あの寒気――。

（……馬鹿な。こんな小娘に何を錯覚しているんだ？）

　胸の奥から不快感がこみ上げてきて、彼は一瞬、本気でこの場を彼の特殊能力〈ノー・ブルース〉で制圧してしまおうかと思った。ここ数分の出来事を〝なかったこと〟にしようかと考えた。しかしそこで、末真が、

「生成くんには、わたしから注意します。この前もその話は既にしていますから。彼のご両親には心配しないで、と伝えてください」

　と落ち着いた口調で言ったので、彼は、はっ、と我に返った。何をムキになっているんだ、たかが女子高生相手に――と気持ちが、すーっと冷めていく。

「あ、ああ――そうかい。まあ、これからは控えめにするよ。それじゃ、邪魔したね」

ギノルタは焦り気味にきびすを返して、その場から去ろうとした。そこに末真がさらに、

「あのう――もしかして、水乃星さんのことも影響してるんですか？」

と訊いてきたが、これにはもうギノルタは返事をしなかった。気まずさから逃げるように去って行った。

＊

「――ぷはっ……！」

末真和子は、緊張の糸が切れて思わずその場に、へたへた、と崩れ落ちてしまう。遠目で見ていた彼女の友人たちがあわてて駆け寄ってきて、

「だ、大丈夫？」

と彼女を抱え起こす。末真は首を振りながら、

「いやあ、怖かったあ――」

と震える声で弱音を吐いた。それからうなずいて、

「――でもこれで、あの男はあんまり学校に近寄らなくなると思うよ、うん。もし話しかけられても、わたしみたいに適当なこと言ってれば追い返せるよ、きっと」

「いや、末真みたいにはできないって——」

友人たちが困っている間も、末真は周囲を見回して、

「……生成くんはいないかな？　彼が今の見てたら、我慢できなくなって、わたしに何か言ってくると思うんだけど——」

と、すでに次のことを考え始めていた。

＊

……そして一時間後、ギノルタは生成亮から連絡を受けた〝引き合わせたい生徒がいる〟と言われて、彼はそのこと自体はどうでもいいと思ったが、そこでひとつのアイディアが脳裏に浮かんだ。

（待てよ——これは利用できるな）

彼の冷徹な判断力が働いていた。統和機構の中から裏切り者をあぶり出し、非情に処分する容赦のない思考が動き出していた。

「生成——君は今、どこにいる？」

〝駅前の喫茶店〈トリスタン〉です〟

「その問題の〝女子生徒〟とやらと一緒か？　そいつの名前は？」

〝臼杵未央です〟

「よし、私もすぐにそこに行く。臼杵とやらを待たせておけ。君と一緒に、三人で話をしようじゃないか」

〝わかりました〟

ギノルタは通話を切った後も、不機嫌そうな顔のままだ。彼が〝計画〟を立てるときはいつもこうだった。事態を解決するべく行動するのだが、それを果たした後でも爽快感などはない。ひとつのことを片付けることは、さらなる次の問題を浮かび上がらせるだけだということを、彼は思い知っていた。

(今回の、この件も――後始末が大変だろう。しかしこれがおそらく、もっとも効率が良い――)

彼は部下のカチューシャにも連絡を取る。

〝なんですか、ギノルタ〟

彼女はすぐに応答してきた。

「今、生成亮の反応はどこだ？　駅前の喫茶店か」

〝はい、そうです〟

「これから私がそこに行くが、おまえは引き続きヤツの居場所を追い続けろ。もし万が一、私からの連絡が途切れたら、かまわず吹っ飛ばせ」

〝駅前を、ですか？　何百人と巻き込むことになりますが？〟

「かまわず、と言ったぞ」

〝――了解です。待機はどれくらいの間ですか〟

「不明だ。自主的に判断しろ」

突き放したように言う。通話先から息を呑む気配がした。

*

カチューシャはイラついていた。フランス人形のような可憐《かれん》な顔を歪めて、奥歯を噛みしめる。

（おいおい、マジかよぉ――なんで私がそんな判断をしなきゃなんないのよ？　一般人を事前工作なく何百人も殺したら、さすがに大大大問題になるだろーがよぉーっ……その責任を私に押しつけるつもり？　冗談じゃないっつーの……私はできるだけ、責任を取りたくなくて上の言いなりになってるっつーのに……これじゃ日頃ペコペコしてる甲斐《かい》がないだろーがよぉーっ……）

心の中でぼやきつつ、彼女はその動揺を極力表に出さずに、

「……では総合的に判断しますが、連絡はできるだけ早めにしていただけると助かります」

と、あえて相手への嫌みすれすれの言い方をした。怒られるかも知れないが、その反応の質で、ギノルタの心理を推し量ろうとした。しかし――返事はなく、通話はいきなり切られた。

(む――)

カチューシャは眉をひそめた。何も言われないとは思わなかった。

(これは――なにか嫌な感触ね……)

彼女の〈オルガン〉による攻撃では、ビルごと破壊して一般人を無差別に虐殺はできるが、驚異的な防御力を持つギノルタ本人には傷ひとつ付けられない。だから巻き添えにして攻撃しても、上官殺しの罪を負うことはない。その心配はないが、しかし――

(今の反応――ヤツは何を焦っている？　追い詰められていて余裕がないように感じたけど――何に圧倒されてるっていうの？)

＊

「どうも鬼乗汰さん、彼女がお話しした臼杵未央さんです」

生成に紹介されて、その少女は頭を下げた。顔立ちの印象が大人っぽく、制服がすこし似合っていないように見えた。

「ど、ども――」

彼女はおどおどしながら頭を下げてきた。その様子はまだまだ子供、という感じで、色々とちぐはぐな感じだった。しかし――ギノルタにとって、彼女本人はどうでもいいのだった。彼の〝計画〟では、その立場の者は誰でもいい。

「臼杵さん。生成くんから話は聞きました。なにか学校で不審なことを見かけたとか?」

「そ、その――」

彼女がもぞもぞしていると、このテーブル席にウェイトレスがやってきて、

「ご注文よろしいですかあ?」

と訊いてきた。ギノルタは顔も向けずに素っ気なく、

「ブレンドコーヒー」

ぶっきらぼうに告げて、そのまま臼杵にうなずきかけて、

「大丈夫ですよ。あなたから言われた、ということは秘密にしますから」

穏やかな調子で言う。彼女は、ふう、と息をひとつ吐いてから、

「私、呪われてるんです」

と切り出してきた。ギノルタはちら、と生成を見る。彼も身を乗り出してきて、

「彼女の状態をまず説明しますと――一週間ほど前から奇妙な〝声〟が聞こえるというんです。そうだね?」

「はい――私が学校で、ぼーっとしてると、どう、どうって聞こえてきて」

「それは学校で、だけなんだよね？」

「そうです。家とか予備校とかでは全然聞こえないんです。だから幻聴とかじゃないと思います」

「その、どう、どう、ってのは、どんな人の声なのかな」

「女の人みたいです。よくわからないけど、子供のような感じもするけど、でもやっぱり女の人かなあ……」

「君に向かって言っているのかい」

「さあ……ただなんか、全体にぼんやり響いてるみたいな気もする、けど……」

「どう、って意味はなんだと思う？」

「はい……それなんですけど……よくよく聞くと一度だけ、妙にはっきりと〝どうにかなると思ったか〟って聞こえて……でも、すぐにわからなくなりました。ほんとにそうだったか、自信はありません」

彼女がぼそぼそと生成の質問に答えているのを、ギノルタは無表情で聞き流していた。

（どうどう、とか——それこそどうでもいい——）

そうとしか思っていない。もはや彼は深陽学園そのものを重視していない。

（まず片付けてしまって、後で色々と検証すればいい——こいつらは今やすべて片付けられるゴミにすぎない）

　彼はまだ話をしている生成たちに向かって、手を上げて制して、

「まあ――その話はもういい。今日は、君たちに訊きたいことがあるので、私はここに来た」

「は？」

　生成と彼女はきょとん、とした顔になる。ギノルタはかまわずに、

「君たちは末真和子を知っているか？」

　と訊いた。二人は顔を見合わせて、

「……何の話ですか？」

「いいから、二年Ｄ組の末真和子という女子生徒を知っているのか、まずそれを話せ」

　三人の間に緊張が漂ったところで、さっきのウェイトレスが、

「コーヒーお待たせしましたあ」

　と注文品をテーブルに置いていった。ギノルタはそれには手を付けずに、さらに、

「どうなんだ？」

　と重ねて訊いた。生成は困惑した表情で、

「……そりゃあ、あの〝博士〟はそこそこ有名人ですから」

「ほう、なんで知られている？　目立つのか」

「目立つってわけではないですが……末真がどうかしたんですか？」

「訊いてるのはこっちだ。あいつは博士とか呼ばれてるのか。それは悪口か？」

「……まあ、その側面もあるでしょうが、女子の間では割と尊敬されてますから、褒め言葉でもあるみたいですよ。なあ？」

「い、いや……私は、話したことないから……」

彼女の反応に、ギノルタは鋭い視線を向けて、

「話したことがないのか？　向こうから何か言われたことも？」

「いや、だって……関係ないし」

「生成、君はあいつについて、何か特別な話を知らないか？」

「ええと……これは調べればわかることですが、彼女は過去に、連続殺人鬼の佐々木政則《ささきまさのり》の標的にされていたことがあります。ヤツが不審死を遂げる寸前のターゲットが彼女だったらしくて」

「佐々木政則だと？」

ギノルタはその単語に激しく反応してしまった。その名を彼は当然知っている。

（統和機構の殺し屋〝モ・マーダー〟……ヤツの使っていた偽名が佐々木政則だった……その死は、危険なMPLSとの相打ちで、偽装としてその殺人の数々を佐々木の犯行として扱ったはずだが……）

彼は監察部門なので、直接の関係はなく、詳しい内情を知らないが……それにしても既に末真和子の名前を知っていてしかるべきだったのだ。事前の調査が不足していたな、とギノルタ

は反省した。

（しかし……ますます遠慮する必要がなくなったな）

「末真和子には、佐々木政則に狙われるような特殊な理由がある、ということだな？」

「それはなんとも言えませんが……あの、どうして末真に関心を持たれたのですか？」

訊かれても、ギノルタは逆に、

「君はこれまで、ヤツを疑わなかったのか？」

と問い返した。今の彼は明らかに、バランスを欠いているが、そのことを自覚していない。あの少女に何故そこまで執着してしまうのか、その理由について考えようとしない。

「いやその……確かに末真のことはあまり好きではないタイプですが、そこまで警戒するようなことは何もないと思いますが」

「その判断を君が下せる立場なのか？　少しでも怪しいと思ったら事前に報告しておくべきだったとは考えないのか？」

かなり上からの調子で言う。明らかにムキになっている。さらに、

「いい機会だ……君に説明しておこう。我々の〝機構〟が何を目指しているのかを」

と続けた。目の前の二人がぽかんとしているのにもかまわずに、彼は、

「それは〝流れを絶つ〟ということだ。世の中というのは、なんとなくの流れで、適当に様々なことが決まっていってしまう。勢いに呑まれて、平気で危険なところへ踏み込んでいってし

まっても、ほとんどの者はそれに気づかない……だから、決定的な危機が訪れる前に、その流れそのものを断ち切ってしまう……それが使命だ。危険な兆候が見えてからでは遅い。その前に手を打たなければならない。赤ん坊が生まれてからでは間に合わないから受胎する前に父親と母親を消す、というようなものだ。世界を守るためには、それが何でできているかを考えればいい……」

話しながら、ゆっくりと指を振り始める。オーケストラの指揮者のような動作だった。

「そう……世界を作っているのは人間だ。そして人間は何で世界を把握しているのかと言えば、それは……〝つじつま〟だ。世に満ちている不条理を、なんとか自分たちで理解できるように、あれこれ〝つじつま〟を合わせている。雑多で混乱していて、本来はなんの脈絡もない事象を、つぎはぎにつなぎ合わせて、それを記憶している――だから、人間を操作するには、その〝つじつま合わせ〟を絶ってやればいい。それが私の能力〈ノー・ブルース〉の本質――連鎖している記憶の流れを断ち切る」

ギノルタの手が、すうっ、と頭上に挙がり、その指先が、ぱちん、と打ち鳴らされた。

それと同時に、おびただしい閃光《せんこう》が生じて、喫茶店中が真っ白に包まれた。

*

　爆発――は、しかし破壊は伴わず、光が収まるとそこにはそのままの風景があった。

　ただ――人間たちだけが、まったく動いていない。

　その瞬間で固定されて、マネキンのように静止している。

　時間が停められたように、姿勢のバランスとか動いている途中の慣性とか、そういったものをすべて無視して、かちん、と固まってしまっている。

（これが〈ノー・ブルース〉の能力――衝撃波で人間から一時的にすべての〝判断力〟を奪うことができる――）

　人間は外界から情報を得ることで、思考し、行動している。意思が先にあるのではなく、情報が入ってきて、それに反応することで生きている。逆ではない。ほとんど情報が入ってこない、〈その緒以外の拠《よ》り所《どころ》がない子宮の中にいるときのことを人間は記憶しない。情報が整理されていない、ただ莫大《ばくだい》な新奇さに晒《さら》されるだけの乳幼児期のことも記憶しない。憶えているのは、既にあれこれと〝つじつま〟が合うようになってからの生活だけだ。その枠から外れてしまった情報を、人は処理できず、受け入れられない。記憶することも認識することもできない。

〈ノー・ブルース〉とは、その認識外の情報を人間に植え付ける能力なのだった。それは様々な手段で成される。閃光という視覚情報だったり、方向という聴覚情報だったり、衝撃波という皮膚感覚だったり、匂いという嗅覚情報だったりする。この多様性こそが、彼が多種多様な合成人間たちで構成される統和機構で〝監視役〟として選ばれた理由でもある。どんな相手でも、それに対応できるという――。

（しかし、それでも私ですら対応できそうもない怪物として、フォルテッシモやリセット・リミット姉妹、それにマキシム・Gといった〈特別製《スーパービルド》〉の連中がいるわけだが……まあ、こいつらがそんなレベルにあるわけもなく……）

彼の内省の中には、直接のライバルであるカレイドスコープのことは入ってこない。自分が実力的に相手より劣っていることを、彼は無意識の中ですら認めない。

（まあ、生成亮よ――君は運がなかったということだ。半端に恵まれた環境に生まれついたために、かえって不幸を招くという典型例だな、君は――）

ギノルタは席から立ち上がり、回り込んで〝フリーズ〟してしまっている生成亮に近づいていく。

〈ノー・ブルース〉による過剰情報を打ち込まれてしまった者は、ギノルタがそれを解除する新情報を〝入力〟しない限り、ずっとそのままである。放置すれば約一週間後には餓死するが、その死体はほとんど腐敗しない。肉体の隅々まで固定が浸透しているので、化学反応ですら停滞するのだ。

（そして、この生成亮にこれから〝入力〟する情報は――）

彼は生成の右手を、ぴん、と指で弾く。するとその腕が跳ね上がって、横に座っている少女の首の前まで動いた。

「この臼杵未央という少女を、生成亮——おまえはこの娘の首を絞めて、殺すのだ……！」

ぼそぼそと、その耳元でギノルタは囁く。それは明確に言葉として発せられているわけではなく、断片的で欠落の多い発声でしかないが、生成には十分すぎるほどの情報が入っている。

生成の手が機械的に伸びていき、少女の首を鷲掴《わしづか》みにする。

ぎりぎりぎり、と力が込められていく。

（ここで、この生成亮が自分に相談してきた臼杵未央を殺害するという大スキャンダルが起きれば、深陽学園は大騒ぎになる。全校生徒を集めて、説明会を開かざるを得なくなる——そこを一網打尽に攻撃して、殲滅《せんめつ》する……これが今回の最善手だ。あの目障りな末真和子もろとも、何もかも吹っ飛ばしてしまえば、彼女の特殊性もその他大勢の死の中にまぎれて、なんの意味もなくなることだろう——よし）

ギノルタは再び、指先を頭上に挙げる。もう一度それを鳴らせばこの喫茶店中の〝フリーズ〟がすべて解除されて、ここにいる客や店員たちが皆、その惨劇の目撃者となる——ギノルタはその間に姿を消すつもりである。

（なんとも不快で、不鮮明な状況だったが——これでなんとかなるだろう。世間的にはそれこそ、呪われた深陽学園のたたり、みたいな噂だけが広まって、真実など誰も気にしなくなる……）

ぱちん、と指先が鳴った。これで周囲の静止している連中がいっせいに動きだし——とギノルタが顔を向けると、そこにはあり得ない光景があった。

まったく変化がない。

誰も行動を開始していない。動きは止まったままで、何一つ反応がない。

「な……？」

彼はもう一度、ぱちん、と鳴らす。しかしやはり誰も動き出さない。ぱちん、ぱちん、と二度三度と繰り返すが、変化はない。

（ど、どういうことだ——なんだこれは？）

彼はこれまでこの能力を何千回何万回と使用してきている。しくじったことなど一度もない。その成功を疑ったことすらない。それなのに、今——

（なんだ？　何がまずかったんだ？　どこに問題が？）

彼は生成と、彼が首を絞め続けたままの少女に目をやる。

（こいつらに問題があるのか？　まさか二人のうち、どちらかが能力者で、その干渉からこんな問題が生じているのか？）

だとしたら——これ以上なにかするとさらに問題が深刻化するおそれがある。

（く、くそ——そして何よりもまずいのは、私の能力がこうして〝しくじった〟というのが他の連中に知られることだ——私が機構の中で築き上げてきた立場が消し飛んでしまう。この場の連中を誰一人、他の者の目に触れさせるわけにはいかない！）

カチューシャに指示を出しておいてよかった。時間がたてば、彼女がこの周辺を粉々に吹っ飛ばしてくれる。それで証拠はすべて始末されるが、しかし——念のため、

（この静止している連中を、とりあえずすぐに皆殺しにしておくか——万が一、カチューシャがしくじって、二、三人生き延びたりしたら面倒だからな——まず）

彼は、近くに立っているウェイトレスに身体を向けて、その首筋に向かって手刀を振り下ろすべく構えた。

（こいつを殺して、他の連中を片付ければ、それでどうにか——）

一息に振り下ろす——だが、その腕が途中で止められた。

がしっ——と、動かないはずのウェイトレスが、ギノルタの手首を摑んでいた。

そして、言った。

「どうにかなる——と思ったか？」

眼だけがにっこりと微笑んでいる、それは店員と制服を交換して、入れ替わっていた臼杵未央だった。

＊

「な——！」

ギノルタは手をあわてて振りほどいた。何が何だかわからなかったが、彼はとっさにまた指をぱちん、と鳴らして閃光を発生させた。そしてそれが消えていくと——そこにはまたしても、あり得ない光景が広がっていた。

目の前から人が消えていた。誰もいない。なんだこれは——と愕然《がくぜん》としていると、背後からくすくす笑いが聞こえてきた。

「…………」

顔を強張らせながら、振り返る……するとそこには店内にいた全員がずらりと並んでいて、その中心には臼杵未央が座っていた。彼女は、ささっ、と襟元を整えている。

着ている服が、深陽学園の女子制服に変わっていた。一瞬で着替えて——いや、そんな馬鹿な。

彼女の横に立っている、さっきまでその服を着ていたウェイトレスの方は下着姿で、胸元に喫茶店の制服を抱えていた。その周囲には、他の客たちや生成亮もいる。全員が無言で、無表情で、ギノルタの方をじっ、と見つめている。

こいつらも、いつの間にそこに集まったのか、皆が皆、瞬間移動でもしたのか、それとも——時間が停められて、その間に行動したかのような——いや、それはつまり……。

「ぐう……」

ギノルタがうめき声を上げると、すっかり見た目も女子高生に戻った臼杵未央が、

「まあ、わかるよね——他の者には誰ひとりわからなくても、おまえには何が起きたかわかる——だってこれ、おまえの能力そのまんまだからね——ふふっ」

彼女はちら、とウェイトレスの方を向いて、

「しかし——乱暴ねえ。可哀想に、ちょっと首に痣《あざ》が残っちゃってるじゃん。おまえの能力を見極めるために、彼女に身代わりをやってもらったんだけど——危ないところだった。自惚《うぬぼ》れて、直に対峙してやろうとか思わなくてよかったあ——」

臼杵未央はその赤い痕のついた首筋をなで回した。されている彼女の方は無反応だ。気にしない、というのではなく、そもそもなでられていることを認識していない。

「で——ギノルタ・エージ、おまえの〈ノー・ブルース〉だっけ？　これって要するに人間の脳みその情報処理限界を利用した〝トリック〟にすぎないのね。ちょっとガッカリ——もう少し超越したものがあるかと思った。割と平凡なのねえ——」

彼女がそこまで喋ったところで、ギノルタは動いた。

前置きなしで、予備動作なしで、コンマ数秒と掛けずに、床を蹴って相手に飛びかかってい

た。

特殊能力など用いずに、その戦闘用合成人間としての膂力《りょりょく》のみで、彼女に襲いかかった。

だが——その身体が臼杵未央に接触するかしないかのぎりぎりで、ぴたり——と静止してしまう。

さっきまでの、彼以外の者たちと同じ状態になってしまっていた。

「ほら——つまんないでしょ？」

臼杵未央は顔から笑いを消して、停まってしまったギノルタに触れる。

「おまえの能力だと、ただ〝遮断〟するだけ——融通が利かないから、細かいコントロールも難しい……それじゃあさっきみたいに、おまえが〝静止〟させた状況であれこれと動いて、色々と準備しなければならない。手間が掛かって仕方がない……アレでしょ、おまえって部下からも信頼されていないタイプでしょ。だっておまえの能力は、他の誰とも共有できない。他の者たちの意識を停めて、その間にこそこそ小細工し続けなきゃならないんだから。それに——なにより問題なのは」

彼女はギノルタの顔に、自分の顔を近づけていって、ふうっ、と息を吹きかけた。

すると——彼の眉が、ぴくぴくっ、と痙攣《けいれん》するように動いた。

「ほら——感じるでしょ？　おまえの〝遮断〟の致命的な弱みは、完全な情報の制約など不可能というところにある。コントロールしたはずの相手が将来どうなるか、いじったはずの記憶が後でどんな風に適当につじつまを合わせられるか、その予測がつかないのが限界——だからおまえは、統和機構にも信用されていない。せいぜい構成員たちの愚痴を聞いて回らせるだけ——悲しいねえ」

「…………」

ギノルタの顔が紅潮していく。あえて、臼杵未央が彼に掛けた能力をじわじわと解除していっているのだった。

「だいたい、変だと思わなかった？　なんでおまえは末真和子なんかに、あんなにムキになってビクついたりしていたの？　おまえって凄腕のエージェントなんでしょ？　それがどうして、末真さんみたいに裏表がなくて馬鹿正直な小娘に敵意を感じなきゃならないの？　なんか後ろめたかった？　それにしても過剰すぎるとは感じなかった？」

「…………」

「感じなかったよねえ。そりゃそうよ——だって、それが私の〝才能〟なんだから。恐怖させたり威圧したりしているようじゃ二流三流——真の呪いというのは、〝いつのまにか〟〝知らないうちに〟完成しているものよ。おまえがふらふらと深陽学園に吸い寄せられて、その生徒たちに話を聞いて回ったりしていた時点で、既に——おまえは呪われていた」

「…………」

「ほら——そろそろ視えてきたでしょ？」

　赤い線――それが世界中を塗りつぶしている。

（な、なんだ……これは……？）

　ギノルタは朦朧とする意識の中で、それを視た。

　赤い線が、自分をがんじがらめに縛り上げているのを。そしてそれは臼杵未央の周囲に立っている人間たちにも繋がっている。彼らもまた、赤い線でぐるぐると巻かれている。臼杵未央だけが、その赤い線が繋がっていない。彼女だけが赤い線に拘束されている世界の中で、浮き上がって視える。

（こ、これは……そもそもが……）

　赤い線がどこから出ているのか――それが何よりもギノルタを恐怖させた。

　それはどこからでもない――彼自身から伸びているのだった。巻き爪が指の肉に食い込むように、みずから己自身を締め付けているのだった。

（わ、私は――いつから――この赤い線を……いや、もしかしてずっと前……生まれたときからこの赤い線は、私を縛ってきていたのか――？）

　彼は思い出していた。それまでは他人を気絶させるくらいしか使い道がないと思われた彼の能力を、統和機構のトップである〝あのお方〟が見て、

『――君の能力は……人から判断を奪うことに……使えるはずだ……それは極めれば……相手

から時間さえ喪失させるだろう……』

と告げられた、あのときのことを想起せずにはいられなかった。

（ま、まさか……こいつは……この臼杵未央は……あのお方と……統和機構の頂点に立つ〝中枢《アクシズ》〟──オキシジェン様と同じようなものを視ていて、そして──さらに操ることさえできるというのか……？）

ギノルタは、自分の能力で何が起こっているのか、実は正確にはわかっていない。それを知っていたのはオキシジェンだけだ。おそらく、ナンバー2であるカレイドスコープも似たようなものではないか。他の者には見えないものが視え、わからないことが理解できる、その圧倒的な支配──しかし今、この目の前の少女は、平凡な女子高生にしか見えない存在は、それさえも凌駕《りようが》するというのだろうか──。

「ギノルタ・エージ……おまえは役に立つわ。私と能力がちょーっとだけ被《かぶ》っているのが、とってもいい──おまえを隠《かく》れ蓑《みの》として、私が呪いによる支配の範囲を広げていっても、統和機構は気づくことがない──ふふっ」

少女の声が、ひどく遠くから響いてくる。戻りかけた認識力が、再び失われていこうとしている。

（ううう……）

ギノルタは自分の能力が自分に浸食していくのを止められない。どうすることもできない。

被害妄想が頭の中で広がっていくのを止められないように。

〈ノー・ブルース〉が書き換える、彼の記憶は、その内容は……

*

「……シャドゥプレイ様、すべては順調に進んでおります」

ギノルタは、目の前の少女に頭を下げた。

彼らがいる喫茶店は、それなりの賑《にぎ》わいを見せていて、制服を着たウェイトレスが忙しそうに動き回っている。その首にはスカーフが巻かれていて、不自然なところは何もない。ギノルタの席の横には、生成亮が座っていて、彼も少女に向かって、

「僕とギノルタで協力して作業を進めましょう。とにかく、学校の生徒や職員を一堂に集める必要があるのですね？」

と誠実そのものの眼差《まなざ》しで言う。ギノルタは生成に顔を向けて、

「生徒や教員の方の誘導は任せるぞ。私は外から圧力を掛ける。君の親にもこちらから指示を出しておこう」

「助かります。僕からの命令だと、あの二人にも抵抗があるでしょうから」

彼らはまるで、何年も一緒のチームだったかのように息の合ったやりとりを交わしている。

それを見守っている臼杵未央は、満足そうにうなずいて、

「あなたたちは、選ばれた人間であると自覚しなさい。他の者たちとはステージそのものが違うのだと――そう」

口元は上げずに、目元だけでにっこりと微笑む。

「統和機構さえも、あなたたちにとっては利用するための道具――まだまだ上があるのだと」

「はい、承知しています」

「シャドウプレイ様に選ばれたことの光栄を噛みしめて、これからも尽くしたいと思います」

二人は一点の曇りもないきらきらした瞳で、臼杵未央のことを見つめ返す。そこには心からの敬意と忠義があった。

「それで――集会のきっかけとなる問題を起こすのはこの僕、生成亮にするという案もありますが」

「それは変更するわ。生成くん、あなたを前科者にして表社会からおろすのは得策ではないし」

「では適当な犯罪者をでっち上げますか。危険なストーカーが潜んでいる、とか」

「いや――ここは敵対者をまとめて始末するのに使おうかな」

「敵対者、というと――霧間凪ですか？」

「それは〝犯人〟の方で〝被害者〟を別に用意することにしましょうか。派手な方がいいから、

ここはひとつ殺人事件にまで発展させちゃいましょう」

「そいつらが殺し合って、という形ですか。その被害者というのは?」

「私自身、まだ半信半疑だけど——宮下藤花、あいつを始末すれば、ついでにブギーポップも消えてくれるらしいから——」

ぼくらは二人で
"Two Of Us"

河上睦朗《むつろう》と木下哲也《てつや》は、子供の頃からの腐れ縁である。周囲からは「あいつらいっつも馬鹿みたいにつるんでるな」「仲がいいってよりも、きっと頭のレベルが同じ馬鹿なんだろ」「さっきまでケンカしてたと思ったら、もう馬鹿話で盛り上がってる」「馬鹿だよな」「馬鹿だね」と、かなり軽く見られながらも、それなりに親しみをもって接せられている。

中学の頃、決して成績が良いとは言えなかった二人が、県下でも有数の進学校である深陽学園に進学できたのも、あんまり頭の良くない理由だった。

「なあ睦朗」

「なんだ哲也」

「おれ、百合原美奈子が好きなんだよ」

「知ってるよ。いっつも見てるもんな。でもあきらめろ。あんな美人で優等生で、おまえなんかにゃ高嶺《たかね》の花だよ」

「そんなことないだろう」

「そんなことあるよ。住む世界が違うってヤツだよ。だいたいあの娘はこれから良い高校に入って良い大学に行って、そこで良い彼氏とかできて、良い人生を送っていくよーなヒトだよ。おれ達みたいなバカとは違うんだよ」

「いいや、そんなことないね。おれ達だって良い人生を送れるね。幸せになれるね」

「別に幸せになれないって言ってるわけじゃねーよ。ただ無理なこともあるって言ってんだよ」

「無理じゃねーよ」

「無理だよ。だいたいおれ達はどこの高校に行けるかさえ考えてねーだろ」

「じゃあ深陽学園だ。百合原と一緒の学校に行って、そこで告白する」

「何言ってんだおまえ。無理に決まってるだろう」

「おまえは無理だろうが、おれにはできるんだよ。おまえとはレベルが違うからな」

「な、何言ってやがる。なんでおれには無理なんだよ？」

「無理って先に言ったのはおまえだろ」

「ふざけんな。なんでおまえがおれよりレベルが上なんだよ」

「悔しかったらおまえも深陽学園に入ればいいだろ」

「おお、もう頭来たぞ。おまえ憶えてろよ。絶対に今の言葉撤回させてやるからな」

「賭けるか？」

「おう、勝負だ。見てろよこの野郎」

――と、二人で一緒に猛勉強して、教師からも無理だろと言われていた高校に見事合格してしまった。しかし残念ながら、その当初の目的だった少女への告白は、そもそも、

「……どうだったんだよ？」

「……いや、それが」

「ダメだったのかよ？」

「つーか、その……それ以前に」

「なんだよ？　何言われたんだ？」

「……あなた誰、って――」

「えー……」

同じ中学に通っていたにもかかわらず、相手は彼のことを知りもしなかったのだった。そこで言葉巧みに色々と彼女に説明できるような要領の良さがあったら、木下哲也はきっと深陽学園に合格なんかできなかっただろう。

「……というわけで、賭けはおれの負けだ。睦朗、おまえの好きなようにしろよ」

「はあ？　なんでそうなるんだよ？　だいたい何の勝負だったんだよこれ。知らねーよ。おまえがフラレただけだろ。おれに責任を押しつけるんじゃねーよ」

「なんだその言い草は。おまえがアオったんじゃねーか」

「なんでだよ。おまえが勝手に燃えてただけだろうが。おれは悪くねーよ」

「なにおう」

「なんだよ」

――そんな風に互いを刺激し合っていたので、中学の頃に先生に心配された、レベルの違う高偏差値の高校に行って落ちこぼれになるかも、という危惧もいつのまにか切り抜けて、二人はほどほどの成績で高校生活を過ごしている。周囲の生徒たちはそれぞれの出身中学で優等生だった者が多いので、多少は浮いている面もなくはなかったが、二人の楽天的な性格から対立せずにうまくやっていた。

そんな中、彼らの進学理由だった百合原美奈子が失踪するように学校から消えてしまった。

二人は大いに驚き、ショックを受けてしまった。

「――いや、もうすっかりあきらめていたから、関係ないのかも知れないけどよ……」

「いや、そんな簡単に割り切れるもんじゃねーって。おまえの気持ちだけは真剣だったろーが……」

「うう、おまえにもあんなに励ましてもらったのにな……なんか悪いな……」

「おれこそごめん……」

二人が凹《へこ》んでいると――ある日、学校内でも悪い意味で有名人である〝お祓いさん〟こと生成亮が彼らに話しかけてきた。

「なあ、木下くん、河上くん――話に聞いたんだが、君たちは百合原さんと中学が同じだったんだって？」

「え？」

「な、なんだよ。それがどうかしたのかよ」

「いや――それで、木下くんはなんでも、百合原さんに憧れて、それで同じ学校に行きたくて頑張って勉強した、とか。それは彼女の、唐突な転校と何か関係があるのかな、って」

「……！」

「ば、バカ言うなよ。哲也は高校に入ってから、百合原さんとはほとんど話もしてねーよ」

「そうかい。確かに君たちと彼女の接点は僕も知らなかったくらいだから、事実なんだろうけど……でも、なにか知らないのか。彼女が消えた理由に思い当たる節はない？」

「うう……」

「やめろよ。言いがかりはよせよ！　まるで哲也が原因みたいじゃねえか！」

「そこまでは言っていないが……まあいい。なにか思い出したら知らせてくれよ。悪いようにはしないから。それじゃ」

一方的に言って、さっさと去ってしまう。二人が絶句していると、今のを聞いていた周囲の女子生徒たちが彼らに詰め寄ってきて、

「……ちょっと、今のホント？」

「あんたたち、百合原さんと関係あるの？」

「なんとか言いなさいよ、なんか隠してるの？」

女子たちの迫力に二人はすっかり気圧されて、なにも言えずに縮こまってしまっていた。するとそこに、くすくす笑いながら近づいてきた一人の女子生徒がいた。

「やめなさいよ、梨杏──みんな。この子たちはなんにも知らないよ、きっと」

臼杵未央であった。彼女は目だけで微笑みながら、二人のことを見つめている。

「そう？　臼杵がそう言うなら——でも、こいつらなんか様子おかしくない？」

「私たちが百合原さんがいなくなってショック受けてるみたいに、二人もそうなんでしょう。あこがれのヒトだったって言うなら、なおさらね。そうでしょ？」

「あ、ああ——ほんとにもう、何にも知らないんだよ」

「そうなの？　まあいいけど——あんまり変な噂とか立てないでよ」

女の子たちはぶつぶつ言いながらも散っていく。臼杵未央だけが彼らのことをなおも見下ろしながら、

「木下くん、あなたも気の毒ね——でも、よかったんじゃない？　フラれといて。もしあなたが百合原さんと付き合っていたら、今頃は生命がなかったわよ、きっと。巻き添えにならずに済んで、よかったよね。まあ、呪いは掛かっちゃったかも知れないけど——ふふっ」

と、なにやら意味深なことを呟いて、そして離れていった。

「……うう、なんなんだ？　しかし、なんで生成のヤツがおれのことを嗅ぎまわったりしてんだよ……なあ、どう思う睦朗」

と木下哲也が横を見ると、河上睦朗は彼の方を見ておらず、ずっと視線は臼杵未央が去って行った方を見ている。

「………」

「おい、睦朗」

「…………」

「おいってば。どうかしたのかよ？」

「……なあ、哲也。臼杵さんって、あんなに綺麗だったんだなあ……」

陶然と呟く友人を見て、木下哲也は眼を丸くしながら、

「……おいおい、今度はおまえの方かよ」

と、ため息をついた。

＊

しかし問題は、どうやったら河上睦朗が臼杵未央と仲良くなれるのか、そのきっかけをどうするのかということだった。

（まあ、睦朗には恩があるから、おれがなんとかしなきゃならないんだが……）

木下哲也は親友の性格をよく知っている。一見、何にも物怖じしないような明るさがあるが、実は引っ込み思案で臆病なところがある。その辺は哲也自身とても似ているので、二人はウマが合うのであるが……だからこのまま放っておいたら、睦朗は臼杵未央に告白も何もしないままで終わることは目に見えていた。

（ましてや、おれが百合原さん相手にしくじってるトコも見てるからな、あいつ――遠くから見てるだけで満足、とか思ってるだろうなあ――）

そこで彼は思いきって、ある日、自ら臼杵未央の下へと訪れた。学校で、彼女が一人でいるときに話しかけた。

「ええと――臼杵さん。この前はありがとう」

彼にそう言われて、臼杵は不思議そうな顔になって、

「なんのこと？」

と訊き返してきた。哲也はやや早口で、

「ほら、あれだよ。おれが百合原さんのことでみんなから責められていたときに、かばってくれたじゃないか」

「ああ――いや、別にあんたをかばったわけじゃないけどね。私の友達がちょっと頭に血が上っちゃってたから、それをなだめただけよ。あんたは正直、どうでもいい感じ」

「ははは。そりゃそうだろうね。でも助かったのは事実なんで。おれのツレも君の優しさに感心してたよ」

「あんたたち、いっつもつるんでるけど、何が楽しいの？」

「え？」

「お互いに傷をなめ合ってんじゃないの。そういうのって建設的じゃないと思うけど」

「うわ、手厳しいね――まあそういう面もあるだろうけど」

「友達のことを思うなら、ときには突き放すのも必要だと思うけど。そう――こうして今、あんたが余計なおせっかいを焼いたりするのも、よくないんじゃないの？」

「え？」

「アレでしょ、河上のヤツ――私が好きなんでしょ。それであんたは、自主的に様子を探りに来たんだ、そうよね？」

「………」

「あいつの、私を見る眼でわかるよ、それぐらいは」

「……まあ、そうだよね。で、どうなんだい。あいつが君のことを好き、っていうのは迷惑なのかな？」

「ずいぶんとシンプルに来るじゃない。どうしてあんた、百合原美奈子にはそういうことを言えなかったの？」

「う……それは」

「別に私のことが好きじゃないから、でしょ？　私に嫌われても全然、苦にならないから。思い切ったことも言える。でもそれは、特に未来につながるわけでもない――」

「うーん――」

哲也は困惑していた。彼がこれまで知っていた臼杵未央は、どちらかというと控えめな少女だった。クラスのみんなの陰に隠れて、あまり自己主張をしないタイプ、みたいな。それこそ仲が良い南野梨杏とかの方が目立って、その横でにこにこしているだけ、というイメージがあった。しかし——今は。

「意外だった？　私がこんな風にぺらぺら喋るのは」

そう言われて、哲也は苦笑してしまった。

「ああ、意外だよ。でも悪い感じはしないね」

「ありがと。じゃあさ——私の方も、あんたの顔立ててあげるよ。河上と話をしようじゃない」

「え？　で、でも——」

「とりあえず話をするだけよ。あんたが横にいてもいいけど？」

「——うーん……」

＊

がちがちに緊張してしまっている河上睦朗に向かって、臼杵未央はむしろ暗い表情で話し出した。

「あのう、河上くん——あなた、私と仲良くなりたいんですって？」

「え、ええと——その」

「でもね、私って今、そういう余裕がないのよ。かなり追い詰められている気分で。ていうか——私が、というよりこの深陽学園全体が、って感じで。あなたはそう思わない？」

「は——はあ……？」

「嫌な空気だ、って気がするのよね。そう、みんなそれを〝呪い〟って言ってる。この学校は呪われている、って」

「う、うん……まあ、そうだね」

「それこそこの前、木下くんが梨杏たちに理不尽に責められたのだって、みんなに気持ちのゆとりがなくなって、ギスギスしているから、だと思うの。もし仮に、これから私たちが付き合うことになったとして……今の学校じゃ、きっと周りから変な眼で見られるのがオチよ。それこそ宮下藤花と竹田啓司みたいにひそひそ笑われてしまう。そんなの嫌でしょう？」

「え、えと——」

　おどおどしている睦朗に対して、臼杵未央は机の上に紙を置いて、そこに赤いペンでなにやら書き始めた。

　ぐるぐる、と渦巻き模様が紙の上に描かれていく。

「これ——何だと思う？」

「いや、わかんないけど……」

「最近、女の子たちの間で流行ってる〝おまじない〟よ。これを書くと、この渦の中に悪いことが吸い込まれて、どこかへ行ってしまう、って」

「はあ」

「まあ、他愛のないお遊び、気休めよ。でもこれを見ると、みんなの心が少しだけ気楽になるような、そういう効果がある。こういうのって、どう思う？」

「ええと……まあ、いいんじゃないの。確かに悪いことが消えてくれたらいいなあ、って思うよ、おれも」

睦朗がそう言うと、臼杵未央はにっこりと笑って、

「それじゃあ——このペンをあげるわ」

と、赤ペンを彼に差し出してきた。金色の金属製で、きらきらと光っている。

「え？　いいの？」

「うん、あなたが嫌な気分になったら、このペンで〝ぐるぐるっ〟って書いてみて。きっと気持ちが落ち着くよ。私もやってるから、お揃《そろ》いになるよ」

「へ、へえ——そっか、そうなんだね」

睦朗は、ぽーっ、としながらペンを受け取って、へへへ、と笑いながら手の中でいじり回す。

そんな様子を、後ろから木下哲也は見守っていたが、

（うーん……なんか変な感じだな）

心に引っかかるものがあった。親友が好きな女の子とうまくいきそうなのだから、もっと安《あん》堵《ど》してもよさそうなものだが、胸の奥でもやもやとした不安が広がってくるのを感じる。これはなんだろう？

哲也が眉をひそめていると、臼杵未央が彼の方に視線を向けてきて、かるくウインクしてきた。

（……うー）

そして、その日から河上睦朗には奇妙な習慣ができてしまった。

「おい哲也、ちょっと付き合ってくれよ」

と言って親友を誘っては、学校の目立たないところに例の〝ぐるぐるっ〟を赤ペンで書き入れる、というものだ。

「おい、あんまり書くと、そのうち先生にも見つかるぜ。おれたち、ただでさえそんなに成績良くないのに」

哲也が注意しても、睦朗は聞く耳を持たずに、

「だからおまえに付いてきてもらってるんだろう。誰か来ないか見張っといてくれよ。確かにバレたらマズいもんな。臼杵さんに迷惑が掛かっちまう」

「いや、そうじゃなくてよ――」

「わかってるよ。馬鹿馬鹿しいって言うんだろ？　気休めに過ぎないって。でもさ、それでもこの〝おまじない〟を見かけた生徒の中で、少しでもギスギスした気持ちが和らいで、学校の雰囲気がぼんやり良くなったら、それでいいじゃねーか」

こう語る睦朗の顔はとても晴れ晴れとしていて、そこには曇りとか卑屈さというものがまったくない。自主的に、すすんでこのラクガキ行為を繰り返している。

最近、学校で生じている暴力騒ぎの連中に比べたら、睦朗のやっていることは実に平和なものだ。しかしれっきとした校則違反であるのも事実である。

(別に、臼杵さんから書いてくれって頼まれたわけでもねーのに……)

哲也としてはどう対応したらいいのか、困ってしまう状況だった。そこまで問題ではないような、しかし何かが決定的に悪いような――。

そんな困惑している彼に、睦朗の方から、

「なあ哲也、おまえもちょっと書いてみないか？」

と言ってきた。その眼がきらきらと輝いている。

「えーっ、いや、いいよ」

「単なるおまじないだよ。大した意味はないって。先生に見つかったら、全部おれが書いたことにしてやるからさ。なあ、いいだろ」

屈託なく言われて、逆らうのも無駄に空気を悪くするだけ、という感じだった。

「しょうがねえなあ――」

哲也は赤ペンを受け取って、校舎の壁の隅に〝ぐるぐるっ〟を書き込んでいく。はじめて書くのに、なんだか――

(妙に、すらすらと書けるな――)

と感じた。身に染《し》みついたサインを書き殴っているときのようなスムーズさが、なぜかあった。

「うんうん、そうそう」

横から覗き込んでいる睦朗も嬉しそうである。するとそのとき、背後から、

「――おい、何してる？」

という鋭い少女の声が響いた。びくっ、と二人が振り向くと、そこには学校一の有名人、不良少女と名高い、かの霧間凪が仁王立ちで、こちらを睨みつけていた。

「わ、わわ――き、霧間さん」

「べべべ別に、特に何にもしてませんよ？」

二人はあわてて弁解しながら、背中を壁に当てて〝ぐるぐるっ〟のラクガキを隠した。霧間凪はそんな二人をじろじろと見つめていたが、やがて、

「ひとつ言っとく――おまえらみたいに、学校の隅でこそこそしてる連中が最近、何人もいる――おまえらが何しているのか知らないが、それはほんとうに、おまえらの意思でやっている

ことなのか？」

と言った。二人が返事をできないでいると、凪はふう、と息を吐いて、

「忠告はしたからな。じゃあな」

と去って行った。二人は緊張の糸が切れて、へなへなとその場に崩れ落ちた。

「あーっ、怖かったあ――」

「なんだよあの迫力――高校生じゃねーだろ、もう」

「まあ、よく考えたら別に不良相手に、壁のラクガキ隠したりする必要なかったかもな……はは」

睦朗はただただ、ほっとしているだけだったが、哲也の方は、

（しかし……どういう意味だ？　何人もいる、って――）

それがどうにも気になっていた。

＊

――数分後。

霧間凪は、ふたたびさっきの場所に戻ってきた。木下哲也と河上睦朗は既にその場にいない。

彼女は、二人が背中で隠していた壁の表面に顔を近づけて、精密に観察する。そして、

（やはり、何もない——動作は何かを書き込んでいるみたいな様子だったが、ここにはインク等《など》の付着も、ひっかいた痕すらない——いったん書いて消した、ということでもない。では彼らは、ここで何をしていたんだ？）

と心の中で独白する。そこで彼女の顔にさらなる緊張が走り、

（いや——もしかするとこれは、オレには見えない、ということか？　これが何かの攻撃だとしたら、オレにはそれを感知できないのかも——）

*

「あのう——臼杵さん」

翌日になって、哲也はやっぱり彼女に問いただすことにした。放課後になってから、周囲に人がいなくなった時を見計らって、声を掛けた。彼女の方も特に嫌がる様子もなく、

「なあに、木下くん」

と応じてくれた。彼は思いきって、

「あの〝おまじない〟ってヤツだけどさ——他の人もやってたりするの？　睦朗以外のヒトにもそのかしたりしてんの？」

そう訊いてみると、臼杵未央はにっこりと笑って、

「なあに、私が河上くんをもてあそんでる、っていうの？　他の男たちと天秤《てんびん》に掛けて、同じことさせて回ってる、って」

「い、いやそれは……」

「誰かに、何か言われたのね。誰に絡まれたの？　もしかして、霧間凪じゃない？」

「え？　なんでわかったの？」

「やっぱりね……あの不良、なんか色んな人にちょっかい出してるらしいのよね。最近では生成亮と揉めてるって話もあるって梨杏が言ってた」

「あの〝お祓いさん〟と？」

「だからやたらと〝呪い〟とか〝おまじない〟とか、ああいうのを敵視してんじゃないの？」

「そうなのかな……」

「それと木下くん、ひとつ思い違いをしてるのは、霧間凪だってきっと〝他の男が〟とは言ってないと思うんだけど。この〝おまじない〟って、もっぱら女の子の間の話だから」

そう言われて、哲也は、あっ、と声を上げた。確かにそうだった。他にやっている者たちが女子である可能性をまったく考えていなかった。

「そ、そう言われればそうだな……おれって間抜けだなあ……」

「でも、河上くんのことが心配なのね。友達思いなんだねえ」

「ただの腐れ縁だけどな」

「でも私、まだ河上くんと仲良くするかどうかは考えていないよ」

「そんなに急《せ》かす気はないよ。そもそも、ダメだったらダメでもしょうがないし。それよりも、さ」

哲也は少し気楽になったので、そこで前から気になっていたことも訊いてみようと思った。

「この前、臼杵さん不思議なこと言ってたよね。おれが呪いに掛かっちゃった、とか」

「そんなこと言ったっけ？」

「まあ、深い意味はなかったかも知れないけど、ちょっと引っかかってて」

「まあ、それを言うなら私たちって、みんなとっくの昔に呪いに掛かっているんだけどね、実際」

「へ？」

「あんただけじゃなくて、私も、霧間凪も、新刻敬もみんなみんな、誰でも呪われてしまっているのよ」

臼杵未央はどこか突き放したように言った。そこには奇妙なまでに屈託がなかった。

「臼杵さんも、なの？」

「例外はないわ。だってそもそも、なんで私たち、こうして学校なんか通っていると思う？」

「そりゃ義務だから、じゃねーの？」

「義務教育は中学まででしょ」

「ああそうか。じゃあ、なんでだろ」

「だから呪いなのよ。そうしなきゃならない、ってみんなが思っていることを、私たちにも押しつけられているだけ」

「呪いなの、それって」

「じゃあ、どういうのが呪いなの？」

「ええと、そりゃあ……なんだろ？　悪霊とかそういうの？」

「水乃星透子みたいな？　アレがこの学校の呪いなの？」

「水乃星さんのことはよく知らねーけど……みんなはそう言ってんじゃねーの？」

「ほら、みんなが、って言ってる」

「あ、ホントだ」

「いつのまにか、気がついたらそうなってる、誰が決めたのかもわからないのに……そういうものは私から見たら全部、呪い」

臼杵未央はどこか投げやり気味である。ふざけているようでもあり、うんざりしているようでもあり、真意が摑めない。

「全部、って……それはちょっと無理があるんじゃゃ」

「そうかな。じゃあ何なの、って言われて答えられる？　私たちを取り巻いているこの息苦しさって、呪いでなかったら、なに？」

妙に詰め寄られる。哲也が困っていると、彼女はくすくすと笑って、

「ああ、ごめんなさい。別にあんたを責めるつもりはないのにね。……いや、なんか気楽に話せるのよね、あんただと。私のことをなんとも思っていないから、こっちも変に構えなくてすむし」

「……他のヤツだと、構えてんの？」

「そうよ。嫌われたくないな、とか、舐められたくないな、とか、あんまり馴れ馴れしくされても困るな、とか――毎日毎日そういうことばっかり考えてんのよ。いつだって」

「うーん……」

「他人からの視線、何気ない言葉、無意識の評価付け――どいつもこいつも、みんな私をどうにかしようっていう呪い。わかりやすい怨霊《おんりょう》なんかどうでもよくなるくらいに、世界は呪いのもとで溢《あふ》れかえってやがるのよ。ムカつくわ、まったく――あんまり腹が立つから、私の方からも呪いを掛けてやろうか、って思ってんのよ、最近は」

「え？」

「あんたもやってみたら？　気に入らないヤツを呪ってやる、って考えると、ちょっとだけスッキリするわよ」

「そう言われてもな――」

彼がぼんやりと呟いたところで、彼女はまた笑って、

「あはは、すぐに否定しないね？」

「え？」

「そういうところが、あんたが話せるトコよ。呪いがどうのなんて言ってる女は気味が悪い、って突き放せばいいのに、それをしない。まあ、いいヤツなんでしょうね——末真さんとかと一緒」

「あんなに頭良くないぜ、おれは」

彼が吐息混じりにそう言うと、彼女はふいに真顔になって、

「残念だけど、末真さんの頭の良さは彼女を幸福にはしない。あの優れた知性は彼女に掛けられた呪いだから。あんたもそう——その善良さはきっと、あんたの人生を狭いものにしてしまう。河上くんと仲良くやれてるうちはいいだろうけどね——」

「…………」

「あ、ごめん、なんか悪口みたいになっちゃったね。これも呪いかしら。あんたに掛けるのは筋違いね。どうせ掛けるなら、もっと別の相手にしないと」

「……たとえば、どんなヤツに？」

「そうね……今は〝死神〟を呪ってやろうと思ってるよ」

「なんだそれ？」

「そのひとが人生で一番美しいときに、それ以上汚れてしまう前に、殺してくれるっていう、

究極のおせっかい焼き——そういうヤツがいるのよ。私はそんなヤツには屈する気はないから、逆に呪ってやる——」

彼女の口調は淡々としていて、そこには興奮とか執念みたいなものがない。聞いていても特に気圧されるものはない。冗談としか聞こえない。哲也もちょっと笑って、

「死神ねえ——ずいぶんと大それた相手を呪うつもりなんだな」

と返した。彼女は彼に視線を向けてきて、

「いちいちしょうもない相手を呪っても、つまんないでしょ？　せっかくやるならとことんやらないと」

「どうやって？　呪文でも唱えるの？　それともおまじないかな？」

彼の軽口に、彼女は眼だけでうっすらと微笑んで、そして、

「いや——呪いの本質はあくまで、いつのまにか、誰にやられたかもわからない——そうでなければならない。死神に対しても、私のことを意識すらさせないうちに、攻撃する」

と言って、それから視線を校舎の方に向けて、

「直に敵意を向けるようなヘマはしない——何にやられたのかさえ理解させずに、確実に——」

と呟く。哲也は半分も聞き取れず、訊き返そうとした——そのとき、彼女がふいに、彼の背後に向かって手を振ってみせた。

え、と振り返った哲也の目に、こっちを見ている河上睦朗の姿が映った。

「あ——」

動揺する彼に、臼杵未央は、

「じゃあね——」

と囁き、きびすを返して、さっさと立ち去ってしまった。

そして睦朗がそこに早足で駆け寄ってきて、

「おい、今——なに話してたんだよ？」

と、きつい調子で訊ねてきた。

「あ、あー、その……」

哲也は素直に、自分が〝他の男にも〟という勘違いをしていたことを話して、そして謝った。

「悪かった。彼女に変なこと吹き込んだみたいになっちまって」

「おいおい、臼杵さんを怒らせるんじゃねーよ。おれがおまえに問い詰めさせたみたいに思われるだろうが」

睦朗は顔を歪めて、不安と怒りが混じった表情をしている。哲也は彼の気持ちがわかっているが、それでも、

「なあ——おまえをあきらめさせようってつもりはないんだが」

「なんだよ？」

「臼杵さんさあ――そうとう周囲の眼を気にしてるぜ。他人の視線は呪い、とかまで言ってたし」

「なんだよそれ？　呪い？」

「ほら、この前も宮下藤花と竹田啓司が学校でどう噂されてるか、みたいに言ってただろ。あいうのにビビってんだよ、女子は」

「別にあの二人がどうこうしようと、おれたちに関係ねーだろ」

「おれだってそう思うけど、でも周りの連中は面白おかしく話すだろ」

「知るかよそんなこと――ああ、くそっ」

睦朗は苛立たしげに、その場で足踏みをした。そして、

「だったら、その辺を解決すりゃいいんだな――わかったよ」

と言って、そして走り出し、どこかへ行ってしまった。

「ああ――もう」

哲也は頭をガリガリと掻いた。なにか、ひどく不快なもやもやに取り囲まれているような気がして仕方がなかった。

あの赤い〝ぐるぐるっ〟が、その悪いことを吸い込むという渦巻きの中に、自分自身もまた引きずり込まれていっているような、そんな気がしてしょうがなかった。

*

(付き合うのに問題がある、っつーなら……その当事者に直に相談すりゃいいじゃねーか)

河上睦朗はぷりぷりと興奮しながら、学校の階段を駆け上がっていく。彼が向かっているのは三年生がいるフロアで、会おうとしているのは話題の主、竹田啓司だった。

三年生は放課後になるとあっという間にみんな帰ってしまうので、残っている人はほとんどいなかった。しかし、

(……あれだ、あの人だ)

彼は進学しないので、予備校の時間を気にする必要はない。既にデザイン事務所で仕事に就いているらしいが、その職場にはどうも決められた出社時間というものがないらしい。忙しいときはとても忙しいが、暇なときは何にもすることがない、という。

「――――」

竹田啓司は、なにやら物憂《ものう》い表情で、がらんとした教室でひとり窓から外を眺めていた。

(……たしかにいい男だな。周りから妬まれるのもわかるぜ……)

そう思いながら、睦朗は彼に向かって、

「あのう――すいません、竹田先輩」

と呼びかけた。すると竹田はちょっと驚いた顔をして、

「君は――」

と眉をひそめた。警戒している。睦朗はあわてて、

「し、失礼します。二年の河上です。少しお話ししたいんですが――いいですか？」

と頭を下げながら言った。

とまどっている竹田に睦朗は、好きな女の子がいるんですけど、と自分の立場を説明して、

「でもみんなの眼が気になるから、仲良くできないって言われて――先輩はどうやってその辺克服したんですか？」

「いや、あのね――俺にそんなこと言われても困るんだけど」

「ぶしつけなのはわかってます。でも先輩しか訊ける人がいないんです」

「落ち着けって。君はなんか勘違いしてんじゃないのか？　俺はその女の子のことなんて全然知らないよ。何の関係があるんだ？」

当然の反論を受けても、気持ちに余裕のない睦朗には届かない。彼はなおも切羽詰まって、竹田に詰め寄るように迫る。

「竹田先輩は、どうやって彼女をなだめているんですか？　宮下さんの不満をどう処理してんですか？」

そこまで無礼なことを言われて、さすがに竹田の顔色が変わった。

「おい——おまえ、何言ってんだ？　藤花がなんだって？」

しかし睦朗には、その竹田の怒りすら目に入らず、さらに自分の言葉ばかりを重ねる。

「先輩って、宮下さんから告白されて交際をスタートさせたんですよね？　なんでオーケーしたんですか？　その際の決め手って何だったんですか？」

これは〝自分もオーケーしてもらいたい〟という気持ちからの質問だったが、そんな機微が竹田に通じるはずもなく、

「なんでそんなこと、おまえ知ってんだよ？」

と相手をさらに怒らせる。これにも睦朗は無神経に、

「みんな噂してんですよ、先輩と宮下さんたちのことを。それで、そんな風になるんじゃないかって、彼女は——」

と言いつのろうとして、さすがにここで竹田の堪忍袋《かんにんぶくろ》の緒が切れた。彼は睦朗の胸元を摑んで、

「おい——俺のことはいいが、藤花のことをあれこれ言うんじゃない……！」

と吊《つる》し上《あ》げた。ここでやっと、睦朗から、さーっと興奮が引いて、

「あ、あの……す、すいませんでした！」

と竹田の手を振りほどいて、あわててその場から逃げ出した。しかし、

（うう、くそっ……やっぱり問題あるんじゃねーか……どうすれば——）

という内心の焦りはますます深まってしまったのだった。

＊

(——なんだ、今のヤツは……？)

竹田啓司は、突然現れた無礼な下級生の言動に、すっかり動揺してしまっていた。

(どういうことだ？　噂になってる、って——藤花と僕のことが、そんなに学校で知れ渡っているっていうのか？)

進学しないことで自分があまり周囲から好かれていないのは、彼もよくわかってはいたが、しかしそれで宮下藤花までもが悪く言われてしまっているのだとしたら——。

「うう——」

彼は苦虫を噛みつぶしたような顔になり、携帯端末を取り出して、彼女に連絡を取ろうかどうしようか、くよくよと悩み始めた。

＊

河上睦朗はしかし、そこでめげたりはしなかった。

(竹田先輩には話を聞けなかったが——まだ宮下藤花がいるじゃねーか。彼女に相談したら、あっちは色々と教えてくれるかも——)

彼は明らかに冷静さを欠いていたが、そのことを自覚すらできない。どこからその焦燥が生まれているのか、意識に上げることさえしない。

下駄箱で靴を取り替えているところで、彼はふいに背中を、ぽん、と叩かれた。

振り向くと、そこには〝お祓いさん〟生成亮が立っていた。

「やあ、河上くん。ずいぶん慌ててるみたいだけど、どうかしたのかい？」

彼はいつものように、他人のことにクチバシを突っ込んでくるモノの言い方をしてきた。睦朗は面倒になって、

「おまえには関係ねーよ」

と乱暴な言葉を発した。しかし生成はそれに落ち着いた調子で、

「君は最近、臼杵さんと仲が良いみたいだけど、彼女も最近ちょっと大変みたいだね。親友と揉めてるらしいじゃないか」

「え？　なんのことだよ？」

「ほら、彼女って南野梨杏と仲良いだろ。でも彼女が南野の、例の他人への悪口を言ってたら、それに文句付けたらしくて、以来なんか気まずいってさ」

「南野と——？」

「あれらしいね、宮下藤花。臼杵さんは彼女をかばったらしい。そしたら南野が〝裏切り者〟とか言って――女の子同士って大変だよね」

「うーっ……」

「宮下さんはさっき、一人でバスにも乗らずに下校していったけど、やっぱりアレもなんかあるのかな？」

生成の浮ついた言葉を聞いている内に、睦朗は我慢ができなくなって、校舎の外に飛び出していった。

すると……校門のところで突然、背中に鋭い痛みを、ずきっ、と感じた。感電したかのような痺れだった。

（――っ？　なんだ……？）

しかし痛みはすぐに引いたので、彼は気にせずにそのまま校外へと駆けだしていく。その痛みを感じた箇所は生成亮が彼の〝右手〟で触れてきたところだった。それはこの前、生成がカチューシャに握手されて、そのときに……。

「……ああ。ギノルタ。確かに成功したみたいだな。僕に植え付けられていた〈ビーコン〉は、河上睦朗に移せたようだ」

生成は携帯端末で連絡を取りつつ、右手を握ったり開いたりしている。そこにあった違和感はもはや消えていた。

〝私の調整はうまくいったようだな。本来は君ごと高校全体を攻撃させるためのモノだったが、事態が変化した以上、別の使い方をするべきだからな〟

「カチューシャ本人には知らせていないんだろう？」

〝彼女はやや口が軽いところがあって、信用できないからな。あえてそのままにしておく。そうすれば――〟

「自覚していない彼女は、自分が何を攻撃しているのかさえ理解せず、故に相手に〝殺気〟を感じさせることさえない、か――」

――河上睦朗は山道を駆け下っていく。横を他の下校生徒たちを満載したバスが通過していくが、そっちには目もくれない。

（急げばきっと、宮下藤花に追いつけるはず――）

そして、ついに見つけたその姿は――意外きわまるものだった。

（な、なんだあの――仮装は？）

宮下藤花らしきその人物は、黒いマントに黒帽子、白い顔に黒いルージュという奇妙な扮装《ふんそう》をしていて、ほんとうに本人なのかも疑わしいほどだった。

しかし、その横にいる女子は――さっき話に聞いたばかりの、問題の南野梨杏だった。

二人はなにやら話していて、そして南野が問い詰められているようにも見えた。言い争っているのだろうか？

（ようし――）

睦朗は二人に声を掛けようとして、息を吸い込んだ――そのとき、黒帽子がこっちを向いた。

「――」

なんとも不機嫌そうな顔をして、睨みつけてきた。

睦朗はぎょっとして、その足が反射的に停まっていた。

すると――黒帽子はその場に南野梨杏を放置して、道を外れて山の中へと入っていってしまった。うつむいていた南野は、それを見ておらず、彼女は急にそれまでの話し相手が消えたので、びっくりして周囲を見回している。

（ど、どうする――）

彼もとっさに、道から外れて物陰に隠れてしまっていた。別に後ろめたいことはないのに、なんとなくそうしてしまっていた。

このまま出て行って、南野梨杏を問い詰めようか、それとも山の中へ消えた黒帽子を追うべきか――

（――ええい！　こうなったら――初志貫徹だ！）

もともと宮下藤花と話をするつもりだったのだ。いくら相手が変な格好をして、突然逃げ出したからといって、その予定を変える必要はない。

彼は南野梨杏を放っておいて、黒帽子の影を追いかけていった。

*

「お、おい！　待て！　待ってくれ！」

睦朗は走りながら、黒帽子の姿が林の中でちらちらと見える度に呼びかけたが、相手は振り向きもせずに、すいすいと移動して行ってしまう。

あっという間に山を下りてしまって、市街地へと出る。あんな変な格好をしているのに、何故かすれ違う通行人たちが黒帽子にまったく注目しない。

(どういうことだ？　それともおれがおかしいだけで、アレは別にヘンテコな格好というわけでもないのか？)

混乱しながら、睦朗はひいひいあえぎながら、黒帽子の影を必死で追う。

「は、話を——ちょっと話を——」

呼びかける声も、かすれてきて弱々しいものになってしまっている。

だんだん陽が傾いてきて、空が紅《あか》く染まっていく。

地に落ちる影がやたらと長くなり、無数に伸びているそれを横切りながら、黒帽子は街の中をひらりひらりと動いていく。それほど速く走っているようには見えないのに、何故か睦朗は追いつくことができない。

そして駅前の人混みを抜けて、やや閑散としている町外れまで来てしまった。工場や倉庫などが並んでいる地域にまで来た。

大きな柵に囲まれている土地があり、黒帽子はその隙間の中に、するるっ、と吸い込まれるようにして入ってしまった。

（えーっ……？）

睦朗は戸惑いながらも、その跡を追おうとして、しかし隙間の幅が狭すぎて彼では通れない。仕方なく柵をよじ登って、乗り越えた。完全に不法侵入ではあったが、そのことに気づく余裕もなかった。

中に入ると、どうして囲われていたのか歴然としていた。

建物があるが、それは半分解体されかけていて、施設の建て替え中らしかったが、それにしては周囲に重機や建設資材などが置かれていない。途中で放置されてしまっている。会社が倒産かなにかして、新しい所有者が現れないまま中途半端《ちゅうとはんぱ》に停まってしまっているのだろうか。世間の流れから見捨てられたような場所だった。

（なんでこんなところに――）

睦朗がそう考えたところで、はっ、と気がつく。

もしかしてこれは、誘い込まれた——というヤツではないのか？

「な、なあ——話を聞いてくれないか……？」

かすれた声が、ますますか細い感じになっている。急に恐怖が湧いてきた。ごくっ、と生唾を呑み込んでいる。

すると……なにやら奇妙な旋律が聞こえてきた。

口笛だった。

しかもその曲は、およそ口笛には不向きとしか思えないクラシック音楽なのだった。睦朗は知らなかったが、それは〈ニュルンベルクのマイスタージンガー〉第一幕への前奏曲だった。

「な、な……」

その口笛は、周囲の至る所から響いてくるような気がする。音の発生源がわからず、包囲されているとしか感じ取れない。

「う、うう……」

焦りがこみ上げてくる。ふらふら、と音が聞こえてくると思われる方に歩いていくが、すぐにそれは焦点を失い、あっちへ行ったりこっちへ行ったりと、どんどん奥へと進んでしまう。

そして、口笛がやんだ。

「………」

睦朗は立ちすくむ。

頭の中が訳のわからない不安でいっぱいになっていく。視界の隅が紅く染まっていく。夕暮れの光が心の中にまで差し込んできているようで、思考がどんどん恐怖で塗りつぶされていって……と、そこで背後から気配がした。

じゃりっ、と足音が響いてきた。

「わっ……！」

睦朗は思わず叫んでしまい、そしてその場に頭を抱えて、へたり込んでしまった。

すると――

「――襲いかかってこないね」

という声が聞こえてきた。睦朗がおそるおそる後ろを振り向くと、そこには黒帽子がぼんやりと立っていて、

「てっきり、君も暴走状態になっていて、見境なく攻撃してくるものだと思っていたが……どうやら違うらしいね。君は呪われていないのかな　それとも性質が違うのか」

「な、なんのことだ……お、おれは宮下さん、あんたにどうしても訊きたいことがあるだけで……」

睦朗が弱々しく言うと、黒帽子は頭を振って、

「今、ここに宮下藤花はいない。その疑問にはきっと答えられないね」

と不思議な言い方をした。睦朗は混乱したが、しかし今さら引けないので、

「つけ回したりして悪かったよ。ただ必死になっちゃって、焦っちゃって。そうだよ、それこそ呪いがどうとか哲也に言われちゃって……」

口がうまく回らず、なんか余計なことから説明しようとしてしまう。

「い、いやそんなのどうでもいいんだ。あんたに訊きたいのは、自分の気持ちをどうやって守ってるか、周囲のヤツらからあれこれ言われても、気にしないでいられるためには何をすればいいか、ってことなんだ」

「何の話だい？　宮下藤花が他人の眼を気にしない、なんてことは全然ないと思うけど」

「で、でもあんたは、竹田啓司と付き合ってるじゃないか。立派だよ。自分の想いを貫いてる。好きな人に、好きだってはっきり伝え合っていて、そういうのすっごい憧れるんだよ。おれもそうなりたいんだよ――」

睦朗はけんめいに頭の中にあるごちゃごちゃを伝えようと言葉を重ねるが、なんだか言えば言うほど薄っぺらなことしか伝えられていない気がしてしょうがない。

黒帽子はそんな彼をずっと、ぼんやりとした眼で見つめていたが、やがて、

「君には好きな子がいるのかい？」

と訊いてきた。睦朗はせかせかと、何度も首を縦に振って、

「そ、そうなんだ。でも彼女は、そもそもおれの気持ちを受け取るとか拒否するとか、そういう段階の前で、ただ〝難しい〟って感じなんだよ」

「想いがすれ違うのは、どうしようもないことだけどね」

「それはそうだよ。それこそ哲也だって、それで百合原美奈子をあきらめたんだから——おれはでも、なんか中途半端なんだよ。他人の目を気にして、それが断る一番の理由って悲しくないか？　しかもそれは、きっとおれだけじゃなくて、他の誰が言ってもそういう理由で受け入れてくれないみたいなんだ。それじゃあ、彼女の気持ちって何なんだよ？　おれはなんで、そんな意味のわからないものに取り憑かれたみたいに引っかかっているんだよ——ああもう、うまく言えないな……」

睦朗が頭を掻きむしると、黒帽子は静かに、

「君はきっと、ひとつ大きな勘違いをしているんじゃないかな」

と言った。睦朗が顔を上げると、うなずきかけて、

「君は自分の想いが今、すごくはっきりとしていて、それが世間の曖昧さとズレていることに苛立っていると感じているだろうけど……別に君の方だって、そんなに明瞭に輪郭のはっきりとした想いを保持しているわけじゃないよ」

「……え？」

「どうやら君は今、恋をしているらしい。その強烈な感情に突き動かされて、自分と彼女と、それ以外、といったような大雑把な認識に支配されている。とても乱雑で、正確な状況認識を期待できない状態で、君の近しい人から見たら、君こそがズレていると思うんじゃないかな」

「い、いや……えと」

「まあ、それはいいさ。問題なのは、君が期待しているような答えを宮下藤花も竹田啓司も、世界中の誰も持っていないということだからね。仮に君の恋がこれから叶えられたとしても、そういうズレはずっと続いていくし、人間が人間である以上、ズレをなくすことは永遠にできないんだ。なにかがぴったり一致した、と思ったときにはもう、別の何かがズレている。それが社会だ。人間はそうやって世界を回してきて、変化を続けていくことで生き延びてきたんだから——だから、答えがあるなんて思わない方がいい」

「わ、訳わかんないよ——じゃあどうしたら、彼女はこっちの話を聞いてくれるようになるんだよ？　正確かどうかとか今は関係ないよ。乱暴だろうと何だろうと、あんたしかわかんないんだよ。そうだよ、あんたと竹田先輩しか——」

睦朗ははぐらかされている気がして、つい感情的に大きな声を出してしまった。そこで黒帽子は眉をひそめて、

「——いや、やはり平常ではないな。君は今、恋のため以上の〝なにか〟に誘導されているようだ。暴走はしているんだ。だが——それが指向しているのが暴力行為でなくて——」

と、急に鋭い眼で睦朗を睨みつけて、

「誰だ？　君に宮下藤花と竹田啓司が問題だと、最初に思わせたのは？」

と問いかけてきた。睦朗はちょっと口ごもって、そして、

「それは──」

と口を開きかけたところで、遂《つい》に〝それ〟が二人の頭上から降ってきた。

超音速の衝撃波──大規模破壊用合成人間カチューシャの〈オルガン〉が。

それは一瞬で、狙いを付けた〈ビーコン〉の焦点から半径五十メートルのすべてを焼き尽くし、破砕し尽くす──。

＊

──爆煙が噴き上がるのを、カチューシャは遠く離れたところから確認した。

（さて──着弾はしたが……いったい何を攻撃させられたんだ？　私は……）

彼女が憮然《ぶぜん》としていると、連絡が来た。ギノルタ・エージからだった。

〝ご苦労、よくやったな〟

「ご指示の通りに、標的が動きを停めてから一分後に攻撃しましたが……何の意味があったんです？　目標以外に誰か一緒にいたんですか？」

〝君が知る必要のないことだな〟

「はあ──しかし、生成亮もどうして攻撃されたのか、何もわからなかったでしょうね。学校全体を巻き添えに、という話はどうなったんでしょうか」

カチューシャがそう問いかけたところで、通話口の向こうの相手の声が変わった。

〝ああ――その件はまだ生きているよ。備えておいてくれないか？〟

それはたった今、彼女が砲撃したはずの生成亮の声だった。

「…………っ?!」

戦慄するカチューシャに、ギノルタの声も聞こえてくる。

〝ちなみに、君が彼に浸透させていた波動は、私の〈ノー・ブルース〉の作用で別人に移しておいたからな。君がしくじったわけではないから、安心しろ〟

「い、いや……あの――」

カチューシャは動揺を隠せない。確かに前々からギノルタには独断専行が過ぎるきらいがあり、かつ、部下のことをまったく信用しない傾向があったが、それにしても、これは――。

(生成亮のことは信用したのか？　いや、そんなバカな――いったい何がどうなってるんだ……？)

混乱している彼女に、生成亮がさらに、

〝それと……君がいたいけな少女であることを利用して、深陽学園に通報をひとつ入れてくれないか。そう、できるだけ純粋な善意からの一報、という印象にしたいんでね〟

と言ってきた。カチューシャが返事をできないでいると、生成亮はおかまいなしに、

〝こういう風に言ってくれ――霧間凪って人が、行方不明の宮下藤花さんと言い争っていると

ころを確かに見ました、とね――〟

と命じた。

＊

（……なんだ？　おい、睦朗……どうして電話に出ないんだよ……？）

木下哲也は、親友と別れてからずっと彼のことを呼び出そうと試みているのだが、反応は一切返ってこない。

（なんだよ、睦朗――いつもはおまえの方から、用もないのにおれに連絡してくるじゃねーか――なんで何も言ってくれないんだよ、おい――）

影の行くさき
"Who Needs Enemies?"

竹田啓司は昨日からずっと焦っていた。

恋人である宮下藤花と連絡が取れないのだった。

（まさかまた、ブギーポップになっているんじゃないだろうな……？）

彼にとってそれは終わった話ではあったが、今でもつねに不安はつきまとっている。また彼女があの奇妙な黒帽子になってしまうのではないか、と。

昨日は夕方に急に仕事が入ってきて事務所に呼び出され、徹夜になってしまい、家にも帰れず作業終了と同時に学校にそのまま来た。昼休みから通学、という世にもおめでたい立場で、彼がいかに今の学校から浮いてしまっているかを示していた。

彼は教室にも行かず、まず二年の教室に向かって、扉を開けて、

「あのう……宮下さんは来てますか？」

と訊いた。皆が不審そうな目でこちらを見てきたが、彼としてはそんなことを気にしている余裕はない。

沈黙の中で、女子生徒のひとり——南野梨杏がおずおずと、

「宮下さんは、休んでるみたいですけど」

と言ってくれた。啓司は焦りつつ、さらに、

「朝から来てないんですか？」

と訊いた。梨杏も困った顔で、

「はい……」

とうなずいた。

「そうですか——失礼しました」

啓司はすごすごと立ち去るしかなかった。

(これからどうしよう？　どこを捜せばいい？)

行くとしたら——かつて彼がブギーポップとなっていた彼女と会っていた屋上だろうか？

(しかし、あそこはもう閉鎖されてんだよな——今思えば、どうして鍵が開いてたんだろう、と思うし)

もしかしなくても、ブギーポップが違法な手段で勝手に開けていたのだろうか。その可能性が高い。啓司の脳裏に、あの黒帽子の黒マントが校舎の壁を蜘蛛《くも》のようによじ登って、鍵を内側から開けてしまう、という光景が浮かんだ。

(——いやいや、こんなこと考えててもしょうがない——でも、上にとりあえず行ってみるか)

自分の教室には向かわない。どうせもう、授業に出席するつもりもないし、クラスの連中と顔を合わせるのもひたすら気まずいだけだし。

(藤花だって、僕の教室に訪ねてきたりとかしないだろうし——)

啓司は階段を上ろうとして、そこで——奇妙なものが眼に入った。

壁に、赤いラクガキが書かれている。

ぐるぐるっ、と渦巻き模様に壁一面がびっしりと埋め尽くされている。

「な……?!」

こんなもの、前からあったか？

思わず後ずさってしまう……しかし、そこで足が停まる。

そして、身体がひとりでに、勝手に動き出した。

（な、なな……なんなんだ？）

階段をじわじわという感じで、ゆっくりと上っていく。

その足下にも、赤い線が引かれているのが視界の隅に入る。首も動かせなくなっているのでよく見えない。

（い、いったい何が……）

ぎくしゃくと、さらに上に登っていく。最初は恐怖と不安があったが……その心理にだんだんと変化が生じてくる。

なにがおかしいんだ、自分は最初から上にいこうとしていたじゃないか、という気分になっていく。

（ああ……どうでもいいじゃないか）

ふいにそんな気分が湧き上がってくる。ふらふら、と身体を大きく左右に揺らしながら、啓司は誘導されていく。

頭がどんどんぼんやりしてきて、視界も赤い光に浸食されてきて、周囲が認識できなくなってくる。

（ああ……）

上の階に到達したところで、彼は階段から廊下に出て行く。赤い線がそういう風に引かれている。

いつからそれが書かれていたのか、誰によって書かれたのか、そんなことをもう啓司は考えられなくなっている。

知るよしもない……それは何ヶ月も掛けて、互いにまったく知らない者たちが、重なり合い、つなぎ合うように少しずつ少しずつ書き足されていったものだということを。

誰が書いたのか、その責任が曖昧であり、その意図も無数の想いが重なり合っていて明確な形にならない。

呪い――。

その結果は決して単純な目的達成にはならない。それはお互いに異なり、食い違い、ときに矛盾し合うような雑多な思念の融合であり、一度それが形成されてしまったら、解きほぐすのは至難の業なのだった。

がんじがらめに縛り上げられて、いつのまにか思考が支配されている。どこから来たのか、誰に言われたのか、それらすべてがもはや追跡検証不能。気がついたときにはもう、手遅れなのだった。

（えーと——なんだったっけ——僕は、どこへ行こうとしてたんだっけ——）

啓司の身体は、足下に書かれている〝ぐるぐるっ〟模様に沿って、はじめはゆっくりと、そしてだんだんに加速して、回転していく。それは彼から平衡感覚を奪っていき、その身体は開け放たれた窓の方へと大きく傾いていき——

「——あっ！」

——という少女の叫び声が響いて、そして次の瞬間、竹田啓司の身体は少女に——駆けつけてきていた南野梨杏に突き飛ばされて、床に叩きつけられて、そして、

（——はっ！）

と我に返った。啓司はがばっと跳ね起きて、そして視界に入ってきたのは、自分を助けた梨杏が代わりに、窓の外へと誘導されていく姿だった。

「うっ——！」

啓司は床を蹴って、跳び込んでいった。

自分も一緒に飛び降りてしまいかねない勢いで梨杏の大腿部《だいたいぶ》に飛びついて、あわててその身

体を抱きとめた。

　びきっ、と肩と腰の辺りの腱《けん》と靱帯《じんたい》が音を立てて損傷したが、それでも彼女を放さずに、なんとか落下を阻止して、そして代わりに彼の肩に掛けられていた通学カバンが窓の外へと墜落していった。

　どさっ、という鈍い衝突音が校庭に響いた。

「う、ううっ――」

　啓司はなんとか彼女を廊下に引きずり下ろすことに成功して、大きく息を吐いた。

（な、なんだ――いったいこれは？）

　混乱しながらも、意識は急速に覚めていっていた。ついさっきまでの朦朧さがすーっと薄れていく。

　足下を見るが、しかしもう、あの赤い線はどこにも見えない。

「う、うう……」

　南野梨杏も、呻きながら身体を起こした。彼女もあの奇怪な誘導から解放されているようだった。

「だ、大丈夫かい？」

　啓司が訊ねると、彼女は憔悴《しょうすい》しきった顔を上げて、

「た、竹田先輩……よかった……」

と弱々しく呟く。ショックが抜けず、全身に力が入らないようだった。

「ど、どうしよう……ひとまず休んだ方が——」

啓司も身体中がズキズキと痛むが、彼女に肩を貸し、階段をゆっくりと下りていって、保健室へと向かった。

＊

保健室には誰もおらず、啓司はとりあえず梨杏をベッドに寝かせて、自分は椅子に腰を下ろした。

（なんか、学校全体が妙に静かじゃないか？）

嫌な感じがしていた。つい周囲を見回して、あの赤い〝ぐるぐるっ〟がそこらに書かれていないかどうか確認してしまう。

（いや、見るとまずいのか？　じゃあ眼を閉じていた方が——いやいや、なんにもわからないな……）

途方に暮れつつ、彼はうなだれていた。するとベッドの上から梨杏が、小さな声で、

「……ごめんなさい……」

と言ってきた。啓司は眉をひそめて、

「……なんで謝るの？　助けてくれて、礼を言うのはこっちだよ」

と言ったが、これに梨杏は返事をせずに、また、

「……ごめんなさい……私、先輩と宮下さんのことを、ずっと悪口言ってて……」

と謝ってきた。啓司はひどく戸惑って、

「い、いや別にそんなの、今はどうでもいいから……まいったな——」

と頭をがりがりと掻いた。彼女も混乱してるんだろうな、とさらに不安が大きくなってきた。

しばらく沈黙が続き、そしていつしか二人とも、うとうとと居眠りしてしまっていた。

どれくらい時間が経ったろうか——。

がらっ、と保健室のドアが開けられる音が響いて、啓司と梨杏はびっくりして目を覚ました。

振り返ると、そこには一人の女子生徒が立っていた。

ただし——血まみれで。

「い……？」

二人が絶句していると、その頭から血を流し、制服の至る所が引き裂かれていてボロボロな姿の女子生徒は、ああ、と軽くうなずいて、

「そっちは大丈夫そうだな」

と言った。自分の負傷など大して気にしていないみたいだった。

霧間凪。

学校一の不良少女として有名な彼女は、そのイメージ通りにクールそのものだった。

「な、ななな……なんで？」

と啓司が思わず訊ねると、凪は困った顔になり、

「あー……まー、なんつーか……」

＊

昨日の工場跡地での爆発は、周囲に通行人などもいなかったので、公的には犠牲者が出なかったことになり、騒ぎとしてはそれほど大きくならなかった。しかし霧間凪は、

（宮下藤花と河上睦朗が行方不明になっている——関係あるのでは？）

という疑念が消えず、翌日も朝一番で学校に来た。すると指導教諭が待ち受けていて、

「霧間凪、おまえに訊きたいことがある」

と強引に指導室へと連れて行かれた。そこで彼女は、

「おまえが昨日から行方不明の宮下藤花さんと言い争っているところを見た、と通報があった。どうなんだ？」

と詰め寄られた。この濡《ぬ》れ衣《ぎぬ》に凪は困惑しつつも、

（これは――オレを完全に狙い撃ちにしてきたな）

と感じた。この前の――未《いま》だに入院させたままの――向居準一の件に関しては、あれが凪に向けての攻撃なのか、ただの暴発だったのか区別できなかったが、彼女を名指しで来たということは、

（出てくるか――この〝呪い〟がらみのすべての元凶が、直にオレの前に――）

そう思って、教師の尋問にはいつものように完全黙秘を貫いていたら、教師たちは予想外の人物を連れてきた。

「やあ霧間さん、面倒なことになっているようだね？」

そう言って現れたのは、彼女と同じように一連の事象を追っているはずの〝お祓いさん〟生成亮だった。

「先生方から相談されてね――僕が君から話を聞き出して欲しいって」

「――なんで、おまえなんだ？」

「僕は、学校から信用されてるんでね――ああ、先生方、とりあえず二人きりにしてもらえませんか？　その方が彼女も心を開きやすいと思いますので」

生成亮のお願いを教師たちはあっさりと受け入れて、薄暗い指導室には二人だけが残された。

凪は、にこにこと微笑んでいる亮にひたすら違和感を覚えていた。

（こいつ――以前に話したときには、あんなに敵意むきだしだったのに――）

そんな彼女に対して、亮は穏やかな調子で、

「さて——面倒なことになっているようだね。先生方はとりあえず僕が説得するとして、君の虚偽情報を密告した者は、きっと警察などにも知らせているよ。それこそあの鬼乗汰栄二が出張ってくるんじゃないかな」

「………………」

「君はあの男とは、過去に面識があるのかい。それらしきところを大勢の生徒が目撃してるって話がこっちにも伝わっているけど」

「……おまえはどうなんだ？　ヤツは統和機構の所属じゃないのか」

「いや、知らないよ。そうなのか？　だとしたらウチの親なんかよりも上の立場なんだろうけど——」

明らかにとぼけている。しらばっくれて、彼女から何かを引き出そうとしている。

凪はこの状況の性質がまったく把握できずに、混乱し続けている。亮の方は落ち着き払っていて、

（——しかし、何を？）

「今は、とにかく君の容疑を晴らすことが先決だろうね。念のために確認するが、君は無実なんだよね？」

と訊いてきた。凪はため息をついて、

「――どんな罪について、だ？」

「だから、宮下藤花さんの失踪についてさ。君たちは別に、それほど親しいって感じでもなかったろう？　というか、君がこの学校で親しかったのって、それこそ突然に退学して、どこかへ行ってしまった紙木城直子《かみきしろなおこ》さんくらいだったんじゃないかな。君はまだ、彼女とは接点あるの？」

「…………」

「おいおい、なんで急に、そんな怖い顔になるんだ？　何か悪いこと言ったか？」

「……別に」

「宮下藤花さんは、今頃どうなっているんだろうね。もしかしてこの世にはいないのかも。だとしたら、これもまた君がこの前言っていた〝見殺しにした〟リストに加わるのかな？」

「…………」

凪は亮を睨み続けながら、色々と考える。

（……落ち着け、冷静になれ、こんなことで怒り出したら、それこそ直子に顔向けができないだろうが……問題はこいつ、生成亮の変貌だ。こいつは明らかに、変わった――別人に入れ替わられたんじゃなくて、こいつ自身の性格が変わっている。その原因はなんだ？　既に何者かの攻撃を食らっている〝被害者〟なのか、それとも何かを達成して、すっかり増長しているのか――しかし）

それをあれこれと検討して、観察している余裕はないかも知れない。既に、ブギーポップがこいつとその仲間に殺《や》られてしまっているとしたら——本格的に何かを始めてしまっているのだろう。

(そして、こんな風にオレと対峙しているってことは——)

そう、凪を仕留めるのなら、闇討ちでも何でもすればよく、こんな回りくどい監禁などする必要がない。今さら自分から引き出せる情報などたかが知れている。では——

(……そうか、やっぱり生成亮は、何者かに人格を変えられて、配下に引き込まれたのか。そしてその黒幕は、オレもそうしようとしている……それしか考えられない)

その結論に達した凪は、ではどうするかを考える。そうして沈黙している彼女に、亮は、

「霧間さん——君もそろそろ、落ち着いた方がいいんじゃないかな。君には後ろ盾がないから、こんな風に学校からもつまらない因縁を付けられてしまう。僕なんかは同じようなことをしても、親の威光で全部スルーされるのに、ね」

と言ってきた。

「確かに、君は優秀だろう。しかし個人として活動するのもそろそろ限界なんじゃないか。正義の味方ごっこもこの辺でおしまいにして、しかるべき組織に属した方がいいと思うんだがね」

「……おまえの〝機構〟にか？」

「そうとは限らないさ。もっと別の選択肢もある。そして君には、そういう風に未来を切り開いていく新しい可能性に賭ける方が向いていると思うよ。歪んだ世界を変革するのさ。言ってはなんだが、正義の味方ってのはしょせん、現状維持以上のことはできないからね」

「……別の選択肢、ね」

凪は、ふう、と息を吐いた。

「もう、隠す気はないみたいだな……世界を変革したい、か。もう一度、水乃星透子の夢でも追いかけたくなったのか？」

そう言われて、生成亮の眉がひそめられた。

「……なんのことだ？　何を言っている？」

「ああ、そうだな……おまえら、みんな忘れてんだったな、アイツのことを。あんなに仲良かったのにな──それとも、忘れてくれってお願いされて、それを忠実に守っているのか？」

「──君が何を言いたいのか、よくわからないが──それはさておき、君にはもう、あまり選択肢は残っていないんだぜ？　僕らに従うか、それとも──」

「死ぬ──ってか？」

そう言ったときには、凪は動いていた。

椅子から立ち上がって、そのまま勢いをつけて生成亮の顎先に拳を叩き込んで──そして、弾き返された。

見えない反撥《はんぱつ》があって、凪は突っ込んだ勢いが逆流したかのように、また椅子の上に座り込んでしまった。

「な——？」

凪は異様な感触に戸惑っていた。何らかの障壁にぶつかったにしては、拳がまったく損傷していないのが異様だった。柔らかいマットレスに突っ込んだみたいな手応えのなさがあった。

「だから——反撃、という選択肢はもう、君にはないんだよ」

生成亮が静かに言う。

「君には〝赤い線〟が見えないらしいな。おそらく君の強烈な精神のためだが——それは呪いに干渉されにくい反面、その攻撃のラインが読めないということ——君は今、自分が何をされているのかさえ理解できない」

「〝線〟だと……？」

凪は、河上睦朗と木下哲也が壁に何かを書いているような動作をしていたのを思い出す。

（あれか——あれはやはり、誘導されての、なんらかの〝準備〟だったのか——そしてオレにはそれが感知できない——）

さすがの凪の背筋にも、冷たい汗が流れ落ちた。

「霧間さん、君は強い。君にはおそらく、直に呪いが効かない。だがいかに君自身が防げても、周囲のすべてを呪いに包囲されたら、そこから逃れることはできないんだよ」

「呪い、呪いって――いったいなんなんだ？」

凪が口元を歪めながら言うと、亮はにっこりと微笑んで、

「君はなんで、呪いが怖くないんだろうな？」

と訊いてきた。凪が答えなくとも、彼は続けて、

「僕は、ずっと自分は呪われてるんじゃないか、って怖かったものだ。へんな才能があって、他人の底みたいなものを感知できて、便利だなと思う反面、とっても嫌だった――普通の人間ではないことが、おぞましい恐怖でもあった。自分は誰ともわかり合えないのではないか、という不安――だからそれを追い払うために、みんなの呪いも一緒に祓ってやろうと思っていたんだ。そうすれば、一人きりかもという恐れから逃れられるかも、ってね――」

と告白めいたことを言い出した。さらに、

「しかし、君はどうだろうか――言っては何だが、僕から見ても君は、あからさまに不幸だ。不遇であり、報われなさ過ぎだ。そう――君はもう、はっきりと呪われている。そうとしか言い様がない」

「………」

「君は、もしかすると呪いなどよりもずっと怖いものがあるんじゃないのか。だからこの〝シャドウプレイ〟の包囲下にあっても、それを恐れない――そう、君自身が既に、より強力な呪いなのかも知れないな」

　そう言って、そこで——生成亮に異変が生じた。

　その眼から、すーっ……と涙が一筋、流れ落ちた。その表情と一致しない、ちぐはぐな涙だった。

　そして、一瞬だけ……その眼球が横にブレて、窓の方を向いた。視線……というにはあまりにもささやかな、痙攣。

（…………！）

　凪は——その瞬間、この呪いに支配されている少年の奥にいる、生成亮本人の意思を感じた。

（こいつ——今、なにかをオレに伝えようとした……〝シャドゥプレイ〟とやらの隙間から——）

　彼は確かに今、窓の方を見た……外に何かあるのか？　いや、誰も覗き込んだりはしていない。誰かがいたとしても、それをわざわざ示す必要はない。凪にだって見えるだろうから。では何を……窓、窓といえば……ガラス……そこには、

（オレが映っている——鏡のように）

　凪は、その背筋に冷汗に因《よ》るものではない寒気が走った。ぞくぞくっ、と認識が迫ってきた。

（鏡——鏡だって？）

　凪は、さっきの拳の奇妙な感触を思い返した。跳ね返されたのに、まったく痛みを感じなかったあの異様さを。あれは——

（まさか——具体的な反撥など、何もなかったのか？　あれは敵が弾いたのではなく、オレが自分で、無意識に〝当たらない〟ように勝手に動いた結果だったとしたら——そう、この呪いは、対象の中にある迷いや不安がそのまま返ってくるのではないか？）

どんな攻撃でも、やろうとするときには必ず、その失敗を考える。その弱気だけが抜き出され、強調され、鏡の中の自分がときにひどく醜く感じられてしまうように——襲ってくる。

（それがこの呪いの〝正体〟か——敵が直に手を下す必要もない。標的となった者たちが勝手に、自分の中の弱い部分で、己自身を自動的に攻撃する——心に不安や恐怖がある限り、どこまでもつきまとってきて、決して逃れられない……！）

この場に、このまま閉じ込められていては危険だ。おそらくじわじわと、浸食が進んでいるのだろう。既に呪いが進行し、洗脳がほぼ完成している生成亮がここまで近くに来ている理由はただひとつ——彼女に〝伝染す〟ためだ。

「霧間さん、君もそろそろ肩の荷をおろす頃合いだ。そんなに意地を張らなくてもいいんだよ。君が僕らに力を貸してくれたら、どんなに心強いだろう。自分が呪いである、なんて後ろめたさを味わう必要はもう、ないんだ——」

亮が微笑みながら、淡々と語りかけてくる。その声をいつまでも聞き続けていてはまずい……！

凪は、ゆっくりと手を伸ばしていって、テーブルの上にある亮の手を掴んだ。攻撃ではなく、そっ、と力を入れずに握った。

「……？　何の真似だ？」

亮が不審そうに眼を細めた。凪は返事をせずに、逆に眼を閉じた。

「…………」

沈黙し、動かなくなる。眠っているかのようだった。

「おい――」

亮が声を掛け、握られている手を振り払おうとした――その瞬間、彼の身体が吹っ飛んでいた。

凪の手が軽く動いただけで、摑まれていた生成亮は空中で回転するかのように大きく動いて、そして床に頭から突っ込んでいった。

技としては、合気道に近い――凪自身はほとんど力を入れず、自分からは決して動かず、相手の力を利用して、それを増幅させて、受け流す――人体の、本能的にバランスを取ろうとする仕組みを逆手にとって、相手を投げる。

凪の方からの主体的な動作ではない。だから呪いによる反撥も受けない。ほとんど何も考えずに、身に染みついた反射だけで技を出したのだった。

（どこまで浸食されていたかは賭けだったが、本能レベルまでだったら危なかった――）

生成亮は受け身をまったく取れずに、頭部を強打して、気絶していた。凪はその首筋に触れて、脈拍から当分は目を覚まさないであろうことを確認する。

「よし――」

凪は生成亮を手持ちの拘束索で縛り上げ、指導室の隅に寄せて、その上にカーテンを被せて隠すと、廊下に出た。

まず向かわねばならないのは、二年の教室だった。確認しなければならないことがあった。

（ほんとうに、宮下藤花は殺られてしまったのか？）

彼女は階段を駆け上がって、その教室のドアを開けるなり怒鳴った。

「おい――宮下藤花はいるか?!」

言いながらも、彼女は確かに教室の中にその姿がないことを認識している。そして返事ができない他の生徒たちの顔色から、やはり宮下藤花は登校すらしていないであろうことも読み取れた。凪はちっ、と舌打ちをして、それから、

「おい――つまらない〝呪い〟なんか気にしてる奴がいるなら、そんなのは意味がないからな。……いいな！」

と、さらに強い口調で言うと、その場から去る。次に向かうのは――と、彼女が廊下に戻ったところで、彼女の前に一人の男子生徒が現れた。

「あ、あのう――霧間さん？　どうしてもお話ししなきゃならないことがあって――」

必死そうに迫ってくる、それは木下哲也だった。

＊

哲也は、あからさまに警戒している凪に、懸命に話しかける。

「あ、あの——霧間さんが宮下さんと会ってたって噂で——でも、その前に睦朗のヤツが、宮下さんを追いかけてて——その、だから……」

その彼の切羽詰まった表情を見て、凪は、

「おまえは——そこまで呪われていないな」

と感じた。もはやこの学校で信用できる者がどれくらい残されているか不明だが、この少年は自我を明確に保っているようだった。

「え？」

きょとんとする彼に、凪はうなずきかけて、

「おまえ木下だよな——連れの河上睦朗がなんだって？　宮下藤花を追ったってのはどういうことだ？」

と訊いてから、凪は周囲を見回して、

「とにかく、ここから離れよう——校内にいるのはまずいかも——」

と彼の手を摑み、引っ張って走り出した。哲也もあわてててついていく。

　その内に、哲也には異様なものが見え始めた。

「な、なんだ――あの赤い〝線〟は？」

　彼が呟くと、凪が走りながら、

「おまえには見えるんだな――そいつに気をつけてくれ。触れるとヤバいみたいだ」

「え？」

「どんな風になってる？」

「え、えと――なんか壁でのたくってます。蠢《うごめ》いていて――近づいてきてる……？」

「じゃあ、逃げなきゃな――！」

　凪は哲也を引っ張って、校舎から飛び出し、校庭の隅へと逃れた。周囲には壁はなく、ラクガキを書くところもない。

「はあ、はあ、はあ――」

　哲也は息を切らして喘《あえ》いでいる。凪はそんな彼にさっそく、

「じゃあ教えてくれ――おまえたちと宮下藤花の間に何があったんだ？」

「い、いや彼女と直接なんかあったわけじゃないです――ただ、睦朗が好きになった女の子が、あの人たちみたいに噂になりたくないって言って、それで――」

「？　意味がわからないぞ。宮下に振られた、とかじゃないのか？」

「全然違います。別の人です。睦朗はすっかり彼女にのぼせちまって――いや、おれも人のこ

とは言えないんですけど……」

哲也がぼそぼそと言えば言うほど、凪の眉が困惑に曇っていく。

「別の人って……誰だ？」

彼女が単刀直入に訊くと、哲也はぎょっとした顔になり、

「あ、いや……それは、おれの口からは、なんとも……」

「なあ木下——オレにはおまえが何言ってるのかよくわかんねーが——しかし、その女の子とやらが、河上をそそのかして、宮下藤花を付け狙うようにさせた——ということじゃないのか？」

「え、えとその、それは」

「だとしたら、そいつはただ噂になるのが嫌で拒絶したんじゃなくて、ほんとうは河上を利用して——」

と凪が言いかけたところで、彼女の視界にひとつの人影がよぎった。音もなくこちらに接近しようとしていた。

「——っ！」

凪はそっちに振り向いた。

そこに立っていたのは、ギノルタ・エージだった。

「ほう——勘づくか。気配を消したつもりだったが——」

不敵に微笑む合成人間に対して、凪はスカートの下に隠していた電磁ロッドを取り出して、じゃきっ、と振って伸長させた。戦闘態勢に入った。

「い、い……？」

動揺する木下哲也に、凪は強い口調で、

「隠れてろ——！」

と言うと、彼女は地を蹴って飛び出していた。

ギノルタは手をかざして、その指先を、ぱちん、と鳴らした。

必殺の、相手からあらゆる認識を剥奪する〈過剰情報〉の打ち込みである。

それを喰らった者は、あらゆる判断能力を喪失し、時間さえも奪われて硬直するマネキンと化す——しかし、その寸前、

ぎりりっ——

と凪は、その下唇を血がにじむほどに噛みしめていた。

その激しい痛みが、ギノルタの〈情報〉を掻き消した。上書きされた認識に、さらに上書きして、生じかけた混乱を消し去った。

凪の突進は停まらず、ギノルタの懐に入って、電磁ロッドをふるう——しかし、相手の方が反応速度は圧倒的に速く、後ろに逃げられた。間合いが広がり、両者は睨み合う。

「ぬ——」

ギノルタの顔には驚きが浮かんでいる。どうして凪が〝静止〟していないのか、不思議がっていた。そこに彼女は、

「知ってんだよ――おまえの〈ノー・ブルース〉のことは」

と告げる。

「おまえは忘れてしまっているようだが――オレたちは以前にもやり合ってんだよ。おまえが水乃星透子とつるんでいたときにな。だから対応策も、知ってる」

「なんのことだ？　どうして私が？」

「説明しても、もうおまえは思い出せないんだろ――」

凪はじりじり、と相手との距離を詰めていく。ギノルタは訝《いぶか》しげな顔のまま、奥歯を嚙みしめている。

＊

（む――）

昼休みの教室で、ひとりルーズリーフ用紙に渦巻きをラクガキしていた臼杵未央は、伝わってきた気配に眉をひそめた。

（ギノルタも、混乱してるのか――まったく、役に立たない連中だな）

彼女は席から立ち上がる。

その周囲の、教室にいる他の生徒たちにも奇妙な現象が生じはじめていた。

「…………」

「…………」

「…………」

みな、うつろな眼をして、あらぬ方向を見つめだした。誰も一言も発さず、お互いのこともわからないようだった。

その空白の表情はおよそ日常的なものではなかったが、ひとつだけ似ているとしたら、それは〝なにかを思い出そうとしているときの顔〟に似ていた。今の目の前の状況から思考を切り離して、頭の中にあるものに集中している際の、その表情。

「さて——」

未央は歩き出した。すると他の生徒たちも一斉に立ち上がり、うつろな顔つきのまま、その後をついて行く。

そして廊下に出ると、他の教室からも茫洋《ぼうよう》とした顔の生徒たちがぞろぞろ出てきて、ひとかたまりになって行進していく。

臼杵未央を中心として。

＊

（今──〈ノー・ブルース〉を喰らった一瞬だけ、ちらと視えた──確かに、赤い〝線〟がギノルタの身体に絡みついているのが……）

凪が正常なときには見えず、その精神が干渉されて揺らいだときにだけ認識できた。それはぐるぐると渦を巻いていて、ギノルタの身体を縛り上げているように感じられた。

（あれが、ヤツを操っているのか……しかし精密な操縦というよりも、ギノルタの意思を利用した半自律型の洗脳、といったところか）

凪は電磁ロッドを構えながら、ギノルタの隙をうかがう。

「霧間凪──なにか勘違いしているようだが……たとえ〈ノー・ブルース〉に対抗できるからと言って、君は私に勝つことなどできないんだよ？」

そう話しかけてくる。礼儀正しい口調で、それが威圧になっている。

「そうかい」

「単純な戦闘力が違いすぎる。基本のスペックが文字通り桁違いだ。君がいくら研鑽《けんさん》を重ねた武術の達人でも、私は戦闘用の合成人間だ──猫がライオンに勝とうとするようなものだ」

「しかし、電撃は防げないだろう──それも知ってる。おまえの皮膚は衝撃には耐えられるが、感電には耐性がない。拳銃で撃たれても死なないが、雷に打たれたら死ぬ。鉄板と同じだ。硬さでは電流に対応できない」

「ふん——小賢しいことを言っているが、そんなものはそのロッドに触れなければいいだけのこと——君の一撃など、私にかすらせることさえできないだろう。それに——君を殺す気なら、こんなに接近することもなかったんだよ？」

「部下に、遠距離から砲撃させる、か——そういう噂も知ってる」

「なら話は早い。どうだろう、霧間凪——君も私に協力してくれないか？　君は世の平穏を求めて、正義の味方のようなことをしているんだろう？　君が統和機構を信用できないのは理解するよ。だったら——第三の道を提示しようじゃないか」

「そういう話は、さっき生成から聞いたよ」

「彼が嫌いか？　だったら君がその立場に取って代わるといい。君の好きにやっても何の問題もない」

「冷たいんだな」

「しょせんは甘ちゃんのボンボンだよ。君みたいな百戦錬磨の強者とは比較にならない」

「じゃあ——おまえに取って代わって、この馬鹿げた呪い騒ぎを終わらせるとしようか」

凪の突き放した言葉に、ギノルタは口を閉ざして、彼女に鋭い視線を向けてきた。もうお喋りは終わりだった。

凪がじりじりと迫ってくるのを、彼は動かずに待ち受ける。

そして凪がロッドをかざして突っ込んできたのを、横にかわして、その手首をはたき落とす。

スピードは自分の方が圧倒的に上——その自信の通りに、凪の手からロッドはむなしく地に落ちる。勝った——とギノルタが思った瞬間、そのロッドを凪が蹴り上げていた。

どこに落とされるかを完全に読んだ動きだった。跳ね上がったロッドの先端が、ギノルタの顔面に迫ってきた。

（——ぬ！）

少し驚いたが——この程度の突発的な事態に対応できないわけではない。ギノルタはあえて前方へと身体を突き出して、飛来するロッドとすれ違うようにして避けた。

だが——その瞬間、奇妙な抵抗が喉元に生じていた。

なんだ、と思うことさえ間に合わなかった。それは凪が手のひらに隠し持っていた拘束索であった。

それが輪を形成して、投げ縄のようにギノルタの首に食い込んでいた。彼女が引っかけたのではない——ギノルタが自ら、そこに自分の首を突っ込ませたのだった。

ぎゅううっ、と締め上がる——ギノルタは何が起こったのか理解できないうちに、一瞬で意識を失っていた。皮膚を硬直化させて圧迫を防ぐこともできなかった。素早く動いている間、皮膚は柔軟性を伴っている——そこを狙われたのだった。

傍からだと、ギノルタが勝手に罠に自ら掛かりに行ったようにしか見えなかったろう。スピードで凪を圧倒する彼は、まさにその神速によって、凪の用意した仕掛けにまんまと塡《は》まってしまったのである。

電磁ロッドが、地面に到達し、からから……と転がった。

それは最初から相手に当てるつもりはなく、ただそこに注意を向けさせるためだけに振り回していた囮だった。

「さて――」

凪はロッドを拾い上げて、そして気絶したギノルタをさらに縛り上げようと彼の方を振り向いた。そこで――戦慄する。

彼女の視線の先には、いつのまにか大勢の人間たちが並んでいた。

皆がうつろな眼をして、ふらふらと彼女の方に歩み寄ってくる。その表情には生気がない。

そして、その真ん中に立っているのは一人の少女だ。

「う――臼杵さん……？」

信じられないという風に、凪の背後にいた木下哲也が声を上げた。

＊

（な、なんだこの——光景は……？）

哲也は自分の眼が信じられなかった。目の前にあるのはもはや校庭とは言えなかった。

赤い線が、至る所で渦を巻いて、波打ちながら蠢いていた。すでにそれは線ですらなく、重みと実体を伴った大蛇のようだった。その群れが地面を埋め尽くしている。

凪の周囲に次々と押し寄せてきて、完全に包囲してしまう。

彼女には、その大蛇のことが見えていないのだった。だから自分が追い詰められていることにも気がつけない。

（こ、これを……臼杵さんが……？）

哲也は理解が追いつかない。しかし、赤い大蛇はすべて、彼女ではなく、その周囲にいる者たちから生えているように見える。逆に言うと、未央にだけそれが繋がっていない。彼女だけが〝呪われていない〟……それはつまり、

〝まったく——あんまり腹が立つから、私の方からも呪いを掛けてやろうか、って思ってんのよ、最近は〟

彼女が言っていた言葉が脳裏に反響する。その真の意味をここで思い知る。

校庭に溢れかえる赤い大蛇が、その形がだんだん変化していく。

手が生え、足が生え、頭が生えてくる。人間のような姿になったり、猛獣のような形になったりしていく。虫のような顎がせり出してきたと思ったら、刃物のような棘《とげ》が突き出してくる。そこに統一感はなく、ごたまぜの混沌《こんとん》が投げ出されていた。

色も赤ではなくなっていく。なんだかどす黒く濁っていく。陰りが増していく。

（こ、これは……おれと睦朗が学校のあちこちに書いていた、あのラクガキがこんな風になったのか？　おれたち以外にも、あのぼーっと立ってる奴らも、みんな密《ひそ》かに書いていたのか？）

あれは〝おまじない〟だと臼杵未央は言っていた。恐ろしいことから身を守るために書くのだと。それはつまり、書くときにその〝恐ろしいこと〟を思い浮かべながら書いていたことになる……それが今、こういう形で顕現しているというのか。心の中の〝影〟が引きずり出されて、拡大している――。

（そいつが怖がっていることが、さらに成長して……他のヤツの恐怖と合体して、さらに恐ろしく、おぞましいものになっていくというのか――）

そして臼杵未央自身には、それがまったくない。世界に満ちている呪いから、彼女だけが保護されているようだった。

「ふう――」

と凪が大きな吐息をついた。

「臼杵──おまえが〝シャドゥプレイ〟か」

そう言われて、未央はうっすらと微笑んで、

「意外だった？　こんな地味な娘が、って」

と応じた。凪は相手を睨みながら、

「いいや──去年、水乃星透子に関係していなかったヤツの中にいるだろう、と思っていたからな──おまえ、あいつを避けていただろう。それは半分〝同類〟だったから──そうなんだろ」

と言う。これに未央は眉をひそめて、

「それはあなたでしょ、霧間凪。こっちからしたら、化け物同士がやり合っているから、近寄らないでおこうって感じだったわ」

と不快そうに言った。それから軽く頭を振って、

「まあ、いいけど──やっぱりあなた、呪いがろくに視えないみたいね。それって人として異常なんだけど、自覚してないよね」

「自分がイカレてるのは知ってるよ」

「そういう次元じゃなくて、炎の魔女っていうのがほぼ〝人間じゃない〟って話なんだけど──ねえ、やっぱり私に力を貸してくれない？　あなたも絶対に、将来は統和機構に消されることになると思うよ。今はなんとなく見逃されてるけど──いずれ限界になる。今から対応し

ていた方がいいって」

　未央の言葉には淡々とした落ち着きがあって、隠されていた正体をついに明かした、みたいな高揚はない。やりたくないけど、仕方なくという風な印象さえある。

　それは圧倒的なまでの、余裕だった。絶対的自信に裏打ちされた優位を表していた。

　そして凪は、そんな彼女に向かって、

「そいつは〝嘘〟だろう？」

　と言った。うんざりした顔である。

「おまえ、ほんとうはオレを味方にしたいなんて思ってないだろう──最初から」

「…………」

「おまえの能力が、オレにはなぜか掛かりにくいのが、目の上のこぶでイラつくんじゃないのか。ずっとそうだったんだろう？」

「…………」

「おまえ、さっき自分のことを〝地味な娘〟とか言ったな──あれも嘘だ。自分では他の連中と比較なんかされる必要はないって思ってる。地味も派手も、おまえには何の価値もない感覚でしかない。ずっとそうなんだろ──おまえは世界中に嘘をつき続けて生きてきたんだ」

「…………」

「周りの人間は、おまえのことを友達だと思っているのに、おまえはそんな人たちを心の中では馬鹿にし、見下して、その暗い面ばかりを煽り立ててきたんだろう」

凪の糾弾のあいだにも、未央は特に顔色を変えず、ずっとどこか他人事みたいな表情のままだった。

「そうかもね……でもね、霧間凪。みんなの影なんて、ひとつひとつは全然大したことないんだよね。どれもこれも似たり寄ったりで、ありふれていて、そこに特別な個性も理由も必然も宿命もなんにもない。凡庸なだけ。あなたは世界を良くしたいって思ってるかも知れないけど、無駄よ。私にはそれがわかる。だってみんな、身の程をわきまえずに世の中を呪ってばっかりだもん。あなたの場合だって、きっとそう──大切な人を守れなかった弱い自分を呪っているのかなんなのか知らないけど、それで強くなったって、その闇はきっと、まったく晴れてくれたりしないよ。暗いまんま。救いなんてどこにもないんだから──何のために戦ってんの？」

彼女は実に、つまらなそうに唇を尖らせる。

「敵なんてどこにもいないんだよ、ほんとうは。自分の呪いが返ってきてるだけ。それでバカみたいに勝ったの負けたの格上だの格下だのって大騒ぎしてるのが、世界のあらまし。正直、ほとほと情けなくなってくるよ、時々ね──私があなたにイラついてる、ですって？」

ここで未央は、やっとかすかに笑ってみせた。それはあきれ顔に近かった。

「まあ、そうかもね──でもそれは、野外でアイスキャンディーを食べてるときにたかってくる蟻《あり》にイラつくってのと同じ──だって、あなたって私にとって、ほんと無防備で、いつだって踏み潰せるんだから――」

彼女がつい、と指をかるく振ると、周囲に充ち満《み》ちている赤黒い影の怪物が、一斉に凪へと襲いかかった。

彼女はそれを感知できずに、突き飛ばされ、引き裂かれ、地面に叩きつけられた。

「――ぐっ！」

なんとか体勢を整えようとするが、その余裕がない。防御しようにも、有効な手段がない。

絶体絶命か――と思われた、そのときだった。

ざっ――と背後で足音が響いた。

振り向くと、木下哲也が背を向けて、この場から走り出していくのが見えた。

逃げた――凪を見捨てて、自分だけ。

「――む」

それを見て、未央の眉がかすかにひそめられた。彼女は遠ざかっていく哲也の背中を見ながら、ふう――と息を吐いて、

「まあ、いいか」

と投げやりに言った。

（木下――？）

しかし凪は、自分が見捨てられたとは感じていなかった。だが、疑問には思った。

（逃げてどうする？　どこへ行く気だ？　あいつはオレと違って、呪いのことも視えていた――なにかあるのか？）

凪は、彼のことはよく知らない。話したのも、さっきまでのほんのわずかな会話くらいだ。だが、それでも確信できることがあった。

（あいつは――親友を裏切らない。絶対に）

河上睦朗を助けるためなら、あいつは何だってするだろう――だとしたら、今の凪にできることは。

（ヤツを信じるしかない――何をする気なのかわからないが、それでもそこに賭ける。だったら今のオレにできることは……）

彼女は、ばっ、と立ち上がって、身構えた。そして臼杵未央に向かって、ふたたび突撃していく。

簡単に吹っ飛ばされるが、それでも何度も何度も立ち上がる。

（この臼杵未央を、ここに釘付《くぎづ》けにしておくこと……時間稼ぎをするだけだ……！）

＊

（の、呪い——シャドゥプレイとかいう、あれ——あれは）

哲也は、ぜいぜい息を切らしながら、必死で走っている。

走りながら、考えている——。

（あれは、みんなの心の中の暗い気持ちがそのまま出ているのだとしたら——だとしたら……）

あそこに行かなければならない。

あそこには、きっとあれが存在している。あれが、この絡み合った事態を打開する鍵になるかも知れない。

その直感に、哲也は衝《つ》き動《うご》かされていた。思考は後から付いてきていた。まず足が動いていた。ほとんど自動的で、彼の意思すらもそこには介在していなかった。霧間凪のことも心配すらしていなかった。それは信頼しているからではなく、ただただ頭の中からそういう配慮が欠落していた。

（あそこに行かなければ——）

だが、そんな彼の疾走に邪魔が入った。

ふらふら、と校内のあちこちから人が現れてきて、彼の前に立ちはだかってきた。

摑みかかってくる。それは攻撃というより、磁石に砂鉄が集まってくるかのような動きだった。意思はなく、ただ吸い寄せられてくる。

「わ、わわ――は、離せ！」

引き剝がして、逃げようとする。しかし後から後から人は湧いてくる。生徒だけではなく、教職員も混じっている。全員、うつろな表情で、誰一人として哲也自身を見ようとはしていない。

ただ――彼らに触れられると、心の中の衝動がどんどん薄れていくのが自覚できる。その熱が失われていく。それはどんな熱湯であっても、水を足していけばどんどんぬるくなっていくのと同じだった。

（こ、こいつらの呪いが――おれにも移ってくる――気力が、大勢の中に散っていってしまう……）

影は重なれば重なるほど、ただただ闇になっていき、そこではすべての違いは消失する。どんなに確たる信念があろうと、やらねばならない理由があろうと、どれほど好きでも、嫌いでも、いずれそれらは暗闇に溶け込んでいってしまって、その個性は無意味になる。

（お、おれが今、中途半端だから……呪いの度合いが薄いから、濃いこいつらが引き寄せられてくるのか――自分たちと同じにしようとして……）

これが〈シャドゥプレイ〉の真の恐ろしさだった。もはやここには、臼杵未央のコントロールすらなく、ひたすらに伝染病のように拡大していく――彼女はただのきっかけのひとつに過ぎない。この闇は、それぞれの人間の中に最初からあったものであり、それが溢《あふ》れ出《で》るときをずっと待っていたのだ。

（こ、このままだと——どうなっちまうんだ？）

全世界にこの呪いは広まっていってしまうのか。そこで何が起きるのか、あるいは傍目には何も変わっていないように見えながら、その実、その中身が少しだけどんよりと暗くなっている——そんな風に世界が創り替えられていくのか。

（お、おれも——だんだんと——）

哲也の目つきが徐々にとろん、としてくる。眉間に力が入らず、焦点が合わなくなってくる。抵抗する力が失われていく。ついには膝をついてしまって、その周囲に次々と人々が押し寄せてきて——そこに、なにか聞こえてきた。

それはこの場におよそ似つかわしくない音——口笛の音色だった。

〈ニュルンベルクのマイスタージンガー〉第一幕への前奏曲の、奇妙に盛り上がりすぎる旋律が、ひ弱な口笛の演奏で響いてきた。そんなに大きな音ではないはずなのに、やけに通りよく聞こえてくる。

（な……）

なんだ、と哲也が思うよりも先に、それは始まっていた。

彼に集《たか》っていた人々が——後方に吹っ飛んでいく。

それはさながら、見えない糸に引っ張られているかのような、不自然で乱暴な動きだった。

一人、また一人、そして二、三人まとめて――どんどん哲也から離されていく。

そして視界が開けた彼の前に、その地面から伸びる棒のようなシルエットが立っていた。

黒い帽子に黒いマント、白い顔に黒いルージュ。

それはどこかで見たような気がする、男だか女だか定《さだ》かではない不思議な存在だった。

「え――」

唖然《あぜん》とする哲也に、黒帽子はとぼけたように、

「いや、爆発から逃れるのはそんなに難しくなかった――解体現場だからね。いくらでも地面に穴が掘られていて、その中のひとつに飛び込めばどうってことなかったよ。睦朗くんも無事さ」

と言った。前後関係がまったくわからず、とまどう哲也だったが、睦朗の名前を聞いて、はっ、と正気に返った。薄れかけていた意思が甦《よみがえ》ってきた。

「お、おれは――」

「君には、やらなきゃならないことがあるんだろう？　だったら、ここはぼくが引き受けるから、すぐに向かうといい――」

と言いながら、黒帽子はこちらに突進してきて、そしてその手がひらり、ひらりと振るわれる度に、集まってくる人々があっちこっちへ放り出されていく。その指先からきらきらと細い細い光が走っている。その糸そのものはほとんど視認できないが、吊された操り人形を適当に

振り回しているかのようだった。

「お――おお！」

哲也は立ち上がって、ふたたび走り出した。

向かう先は、彼と睦朗の記憶に残る場所だ。そこで彼らは、後ろめたさを感じながらも、せっせと校則違反に励んでいたのだった。てっきり自分たちだけがやっていると思っていた、その行為――壁に〝ぐるぐるっ〟とラクガキをすること。それは睦朗が、好きな女の子に気に入ってもらうために繰り返していたことで、そして――

（一度だけ――おれも書いたことがあった）

哲也はそこに向かっていたのだった。彼自身が書き込んだ、その呪いの〝おまじない〟の場所に。

（シャドゥプレイの呪いが、人の心の中の影だというのなら、おれは――おれの〝影〟は――きっと……）

木下哲也の心に落ちている影、彼の人生で決定的な挫折として深く突き刺さっている大きな棘、それは――

（――ここだ！　確かここに――）

校舎の裏にやって来た哲也は、そこで足を止めた。

やはり、思った通りだった。他のあらゆる箇所で起きていること、壁のラクガキが動き出して、形を変えて外に出てきている現象が、ここでも起きていた。

そこに立っているのは、一人の少女の姿をした幻影だった。数ヶ月前に、早乙女正美《まさみ》という少年と共に行方不明になったとされる、その少女。

その幻影は、哲也の方を見て、そして首を傾《かし》げながら、

「あなた――誰？」

と言った。

百合原美奈子の姿をしていた。

＊

シャドゥプレイこと臼杵未央が、自分は他の人とは決定的に違うと自覚したのは、似たような立場の能力者に比べたら遅かった。

物心ついて、自分が視ているものは、他人にも視えているんだろう、とずっと勘違いしていた。

それは〝影〟としか言いようのない、その人につきまとっている歪んで赤みがかった暗がり

だった。薄いケープのように、それが人間の上に被さっている。

人が感情を動かす度に、その暗がりもつられてゆらゆらと動く。

自分のものは視えない。しかし他人のははっきりしている。だから幼い頃は、逆に自分は他の人にあるものがないんじゃないか、という不安があったくらいだった。

だが——ある日、小学生のときにしつこい男子に絡まれて、彼女はつい、そいつの胸の上に掛かっていた〝影〟を振り払っていた。すると——〝影〟をはぎ取る感触と共に、そいつの表情が一変した。急におかしくなって、彼女を放り出して周囲の他の生徒に摑みかかっていき、暴れ出した。

何が起こったのか、わからなかったが、その騒ぎを止めに来た教師が、未央にも事態を詰問《きつもん》してきたので、そこでも同じように〝影〟をいじってみた。すると教師は、突然にスイッチを切られたように、彼女に対する関心を失って、どこかへ行ってしまった。

ここでやっと、未央は自分は他人を思い通りに誘導できるのだ、ということに気がついた。

(他のみんなは〝影〟が視えないのだ)

(私以外に、この感覚を知る者はいない)

(なら私は、世界中のどんなことでも好きにできるのか)

その認識を得て、彼女は豹変《ひょうへん》した。

それまで彼女は、むしろ外面は積極的な人間だった。他人の顔色を窺うのがとても上手な、声の大きい目立つリーダータイプの女子だった。それは単に、彼女が誰よりも人の心を察して周囲の雰囲気を先取りできていたからだったが、その能力を完全に自覚してしまうと、むしろそんな風に皆の前で明るく振る舞うのが馬鹿馬鹿しくなってきた。

（なんで私が、他の間抜けどもと一緒にペースを合わせて、ご機嫌取りをしなくちゃならないんだ？）

彼女はだんだん、自分では動かず、周囲の者を動かしていくようになっていった。注目されると、それに関係した〝影〟が他の者たちにまとわりついてきて、面倒なことになるのがすぐにわかったからだ。彼女を尊敬している、みたいな友人はそのことが〝影〟に反映されて、それを操作する際に未央自身のことを必要以上に自覚させられるので、実に鬱陶しかった。

（おまえらが私のことをあれこれ決めるんじゃない）

（決めるのは私だ）

彼女は誰にも気づかれないうちに、どんどん閉鎖的な性格になっていったが、逆に周囲からは穏やかになったとか、丸くなったとか言われて、むしろほんのりとした好意を受けることが増えていった。だから誰も、彼女がそういう風に先鋭化していくのを止められなかった。

数年、そんな風に生きている内に、彼女は人類の中に、進化した存在を刈り取ろうとする者たちがいることに気づいた。統和機構。それは一般人に気づかれることなく、いたるところに浸透していた。彼女が通っている学校にもその関係者がいたので、それをたどっていくと、どこまでも奥へ続いていきそうだったので、すぐにやめた。

（追跡、それ自体が罠なのだ）

それを察した。統和機構の頂点などというものが実在するとして、それを調べようとする行為こそが〝釣り針〟であって、彼らがＭＰＬＳと称する進化した者たちをあぶり出そうという策略なのだ。

（だったら逆に、末端からじわじわと浸食していってやればいい）

（どんなに釣り糸を垂らそうとも、その釣り人ごと取り込んでしまえばいいだけだ）

そうやって、彼女なりに慎重に準備を続けてきた。そして――深陽学園に入って、彼女はそいつと出逢《であ》った。

その少女は、誰にも似ていなかった。

なによりも異様なのは、彼女には〝影〟がなかった。いや、正確には陰りの残骸のようなものは視える……しかし、それはなんの表出にもなっておらず、心の中を一切反映していなかった。ただ、そういうものを感知してしまう未央の無力さを知らしめる役にしか立っていなかった。

水乃星透子。

それが彼女の名前だった。

なにより衝撃だったのが、水乃星が自分を見るときの、その眼だった。

未央のことを一瞥して、ああ、とうなずいて、そして……それだけだった。

あきらかに、未央のことをすべて察したのに、そのことをなんとも感じないらしかった。そして未央の誘導などなにも通用しない。一度、彼女の近くで別のヤツを操作してみたが、水乃星はあっさり、そいつの洗脳を解除してしまって、さらに、

「ねえ、臼杵さん——そういう半端なこと、あんまり感心しないな。やめた方がいいよ」

と告げてきた。脳天を殴られたようなショックがあった。

（こ、こいつは……私とはレベルが違う……）

水乃星が視ているものが、未央には視えないのに、向こうはこっちが何をしているのか全部わかっている。未央はそれまで、自分は誰よりも上に立っていると思っていたのに、彼女はしょせん、水乃星透子の下位互換にすぎなかったのだ。

そんなある日、彼女は水乃星が誰かと話しているのを耳にした。盗み聞きの意図はなく、ただの偶然だったが、その声が聞こえてきたとき、とっさに隠れてしまったのだった。

それはおそろしく奇妙で、そして超越的な会話だった。

「みんなの心の中にある偏見とか諦めとか憎悪とか、いったいどこから来ているの？　最初にそれを始めた人なんて、もうこの世にはとっくにいないでしょうに。亡霊が決めたことに従って、その中でモノを考えて、優劣を競って、恋をしたり殺し合ったりしてる。これが呪いでな

くて、なんなのかしら？」

「だとしたら、すっごく範囲が広くなっちゃうね、確かに。世界中ぜんぶが呪われてる、みたいになるね」

「いつのまにか、知らないうちにその呪いは完成しているのよ。私たちの心の中で。いつ、それをすり込まれたのかも覚えていない呪いに縛られて、馬鹿みたいに自分が上だ、あいつが下だってケンカし続けている。くだらないって思わない？」

「それはそうだけど、でも——その呪いって解けないのかな」

水乃星透子と末真和子の会話——呪いについて二人が話す内容は、あまりにも抽象度が高くて、未央はなんとか理解できそうなところだけを拾うのが精一杯だった。そして、胸の中でモヤモヤがどんどん大きくなっていって、我慢できずに、二人に割って入って、声を掛けた。

「あ、あのう——その呪いの話って、私にはよくわからないんだけど……どうすれば意識できるようになるかな？」

と質問した。勇気を振り絞って、話しかけた。しかしこれに水乃星は、冷たく、

「ああ、臼杵さん——いや、無理よ、あなたには」

と突き放してきた。未央の顔が強張ってしまうのを見て、末真があわてて、

「い、いや水乃星さん。そんなことないでしょ。彼女だってちょっと話が気になっただけで

——ごめんね、臼杵さん」

とフォローしてくれたが、これにも返事ができなかった。そこに水乃星は、ほとんど呆れるような目つきで、

「あなたはもう手遅れ——呪いは完成してしまっている。できることと言ったらせいぜい、死神に見つからないように気をつけるくらい……」

と言ってきた。耐えきれず、未央はその場から逃げ出してしまった。すると末真が追いかけてきて、

「ごめんなさい、臼杵さん——あなたを傷つけるつもりはなかったの」

と謝ってきた。未央は青い顔のまま、

「な——なんなの、あいつ……何の話だったのよ？」

と言った。すると末真は困ったような顔で、

「えと、わたしも急に話しかけられたから、よくわかんなくて。適当に返事してただけなの。水乃星さんとはあんまり話したことなかったから、仲良くなれるかな、って思って」

「こ、怖いじゃん、あいつ——なによ、あの眼は——」

「眼？　いや、それはわかんないけど……きっと水乃星さんも悪気があったわけじゃないと思うよ。気にしないで」

「………」

　未央には、末真が本気で彼女を心配しているのが、その〝影〟の状態でわかる。以来、未央は末真和子には好意を持ったが、しかし水乃星透子に対しての恐怖は、さらに募ってしまうことになった。

　だから、水乃星透子が死んだときは、心からホッとした。良かった、と思った。もうあの鬱陶しいプレッシャーを受けなくてもいいのだ、と——清々《すがすが》しささえ感じた。

　彼女は意識していなかったが……それから彼女は、前よりも少しだけ大胆になっていった。能力を使って学校に影響力を広げることに、ためらいがなくなっていった。

　それは彼女の意思とは少しズレた行動のはずだったが、それに気づくことさえなかった。いつのまにか、知らず知らずにその考えが身に染みついてしまっていた。しかし、たとえ気がついていたとしても、彼女はもう引き返すことはなかったろう。

　今の彼女は自信に溢れ、万能感に酔っていた。たとえどんな助言をされたところで、聞く耳を持たなかったろう。

（そうだ……私は今や、無敵だ。誰にも止めることはできない。見ろ、あの水乃星透子と互角に戦っていた霧間凪も、こうして私の前に崩れ去るのだ……！）

　彼女はもう、何もしていない。

　霧間凪が、自分に向かって突撃してくるのを、ただ黙って見ているだけだ。

　この学校中に張り巡らせている呪いが、凪の闘志に自動的に反応して、彼女に反撃してくれる。そして凪は、その攻撃自体を感知できないのだ。

「う、うぐ……」

　校庭の固い地面に叩きつけられた凪が、よろよろと身を起こす。全身はボロボロで、至る所から出血している。

　昼休みだというのに、学校全体が奇妙に静まりかえっている。

「霧間凪――あなたにはもう、道はない」

　未央は冷ややかに宣告する。

「あなたという唯一無二の個性を消すのは、ほんとうに惜しいことだけど――心を圧し潰して、性格ごと上書きするしかないでしょうね」

「それで、おまえは楽しいのか？」

　凪が顔を歪めながら訊くと、未央は苦笑いして、

「楽しいわけないでしょ。あなたの形をした人形を横に侍《はべ》らせても、全然面白くないわ」

「じゃあ――なんでこんなことをしてる？　おまえがやっていることの先にあるのは、周りの人間を皆、人形にすることじゃないのか？」

「かもね――でもしょうがないわ。それが私の人生なんでしょう、たぶん。能力を持って生まれてしまった者の宿命よ」

「水乃星透子からこそこそ隠れていたおまえが、それを言うのか？」

凪がそう言うと、今度は未央ははっきりと、晴れ晴れとした顔で微笑んで、

「いやあ──あいつはもう、死んじゃったからね。何も文句言えないのよね、残念でしたあ！」

と言った。そして指先を振ると、凪に向かって一斉に、赤い線の塊である怪物たちが襲いかかった。

それには実体はない。物理的な攻撃など何も生じていない。しかしそれで凪の身体が傷つき、制服が破れる。そこに生じている現象を説明する科学は未だに存在していない。未来にしか解明する手段のない、それこそが統和機構がMPLS現象と呼ぶ、説明のできない〝なにか〟だった。

「ぐっ──」

凪の喉が、ありえない形に変形していく。見えない圧力が、その首を絞め上げていく。そうやって意識を喪失させて、空っぽになったところに、シャドゥプレイの洗脳が侵入してくる──影が心の中に落ちてくる。

（ぐぐぐっ──）

凪はもがいて、なんとか絞め上げる圧力を外そうとする。だがそれは巻き付いた蛇のように、じわじわと力を増していく。

（くそ──駄目か──？）

と凪がちらと思ったとき、彼女の心の中に落ちてきた影の向こうから、その声が聞こえてきた。

〝凪──少し頑張りすぎだよ。もっと肩の力を抜いてもいいんだよ──〟

それは、彼女の死んだ父、霧間誠一の声だった。

彼が、小学生の頃の凪に向かって口癖のようにいつも言っていた、言葉。およそ難解な言説を操っていた作家とは思えない、陳腐で深みも何もない、ありふれたセリフ──しかしそれは、凪の心にいつでも影を落としてきたのだった。彼が死ぬのを眼前で見送るしかなかった、無力な自分を責め立てる刃として──だが、このときは、まさに今、その影に呑まれそうになっていたその瞬間だけは、凪は、

（そうか──そうだな、親父──）

と、その言葉を素直に受けとめた。肩の力を抜いて、全身をだらんと脱力させた。襲いかかってくる呪いに対して、無抵抗になった──。

「ん？」

それを見て、未央は眉をひそめた。洗脳が完了していないのに、自ら抵抗をあきらめたのか？　だとしたら、それはそれで失望するけれど──と彼女が思いかけたところで、それが始

まった。

周囲の気配から、何かが消えていく。

それがなんなのか、最初はよくわからない。不自然さがないからだ。だがその自然さが、逆にそれが起こりつつあることを示していた。

ざわざわと、雑音が聞こえ始める。それまで静まりかえっていた学校校舎から、様々な音が混じり合った空気の波動が伝わってくる。

そして――未央の周囲に立っている、呪いを形成していた生徒たちからも、うう、という呻き声が聞こえてくる。

戻りつつある……いつもの、普通の学校の風景に。

「え?」

未央がそれに気づいたところで、凪が――完全に制圧されていたはずの霧間凪が、ゆっくりと立ち上がった。

「ふう――」

首をさすっている。そこにはもう、圧力が掛かっていない。

「え? ――ええ?」

未央は事態が把握できず、ぽかん、としてしまう。

「な――何が――霧間凪、おまえ、何をした――?」

この問いかけに、凪は首を横に振って、

「オレじゃねーよ——オレはただ、信じていただけだ。だから、ひたすら待ってれば良かったんだ。無駄にあがく必要は、最初からなかったのさ」

「おまえじゃない、って——じゃあ、誰が……」

ここで未央は、さっきこの場から走り去った少年のことを思い出した。彼女が〝まあいいか〟と放置した彼のことを。

（まさか……木下哲也が？）

＊

その百合原美奈子の幻影は、当然のように哲也の記憶の中にあるそのものだった。だから今となっては、それが本人にどれくらい似ているのかさえわからない。

そのあいまいな百合原美奈子は、言う。

「あなたは誰？　私は何？　これはなんなの……？」

「え、えーと……百合原さん、君は……」

哲也は口を開いたものの、なんと言っていいのかわからず、口ごもってしまう。彼女はそんな彼を不思議そうに見つめ返して、

「私……なんでここにいるの？」

「あ、あの、それは……」

「私、ここにいるわけないのに……だって」

彼女はとても悲しそうな顔になって、

「だって私、殺されたんだから……」

と呟いた。哲也がぎょっとするのにもかまわず、彼女はさらに、自分の両手に眼を向けて、

「そう……最後の記憶は、床に叩きつけられて、変な姿勢になって、そして……自分の手が目の前でぶらん、とぶら下がってるところだった……私は、学校で一番落ち着けるはずの場所だった茶道室で、いきなり殺された――どうして？」

「………」

「どうして、私は殺されたの……？　誰が、何のために？　理由が全然わからない。それで今、ここにいる私は……おばけ、ってこと？　怨霊なの、私は……」

「………」

「私、そんなに恨んでいたの？　化けて出るほど、悔しいことがあったのかしら……殺した人の顔もわからないのに？　私って、そんなに後悔するような人生送ってたの？」

たんたんと呟きを繰り返す百合原美奈子の幻影に、哲也はまったく返事ができずに、ただ、

「………っ！」

と涙を両眼から溢れさせた。それを見て、幻影はまた不思議そうに、

「どうして、あなたが泣いてるの？」

と訊いてきた。哲也はさらにぼろぼろ涙をこぼしながら、

「ち、違うんだ……君じゃないんだ。君が恨んでいたんじゃない……これは、おれの恨みでおれの呪いなんだ……おれが勝手に、君のことを恨んでいて、それで……」

「あなたが？　どうして？」

「そ、それは……その……」

「あなたが私を呪ったの？　私が殺されたらいいのに、って」

「そ、そうじゃない！　そんなこと思ったこともない！　だいたい、君が殺されたなんて、初めて知ったんだ！」

哲也の必死な叫びに、彼女はあくまでも、茫洋とした調子で、

「なんで、私だったんだろ……私に殺される必要ってあったの？」

「あ、あるわけないだろ！」

哲也が懸命に呼びかけても、彼女はその真摯さにはまったく反応せずに、

「私は、なんでもなかったのかな……ただ、殺されるためだけに生まれてきて、そのことに死ぬまで気がつかなかっただけの、どうでもいい存在だった……呪い、か」

と呟いて、それから哲也を見て、

「私は、呪いなのね――だから、もう自分ではなんにも感じないのね」

と言った。哲也が悔しさに奥歯を噛みしめる。だが彼女は相変わらず、一切の怒りを見せずに、

「あなたは、私の代わりに怒ってるみたいだけど――それ、もういいよ」

「え……」

「だって――そんなんじゃ全然、足りないもの。呪いを、まだ生きてる人間がどうこうしようなんて無理――だってあなたは、いくらでも新しい希望を持てるんだから。私たちには、それは不可能なのだから――」

彼女はそう言いながら、周囲を見回した。するとそこには、うっすらと他の者たちが浮かび上がってきた。

〝私たち〟と彼女が呼んだ呪いの群れが、そこに立っていた。

百合原美奈子と同じような死に方をした者たちの想いが、彼女をきっかけとして顕現し始めていた。その〝呪詛〟が、ずるずると地の底深くから呼び覚まされてきていた。

「あ、ああ――」

哲也は、立っていられなくなって、その場にへたり込んでしまった。そんな彼に、彼女は静かに、

「もういいから、あなたはあなたで、勝手に生きていけばいい――だって」

うなずきながら、その宣告を下す。

「私、あなたのこと知らないもの――」

それは哲也が、実際の百合原美奈子に告白したときに、最後に言われたセリフそのままだった。

そして目の前から、幻影がすべて、ふっ、と掻き消えた。そして――続いて、学校中を覆い尽くしていたあの赤い〝線〟が、地面の下へと吸い込まれていく。

消えていった呪詛たちに釣られて、逆らうこともできずに、根こそぎ引っこ抜かれていった。

＊

「う、うう……」

校庭に出てきていた生徒たちが、一斉に動き出していた。

その呪縛が解けて、正気に戻っていこうとしている。

「ううん……あー……」

「ええと……あれ……？」

「な、なんで……？」

皆、自分たちの置かれている状況が理解できず、茫然としている。そこに凪がいきなり、

「何見てんだ！　とっとと教室に戻れ！」

と怒鳴った。その全身はぼろぼろで、血塗《ちまみ》れであり、それが異様な迫力で大きな声を出したので、皆は我に返るよりも先に、とにかく驚いて、

「ひっ――」

と一目散に逃げ出していった。

その中で一人、臼杵未央だけが立ち尽くして、残っている。

「ぐ、ぐぐ――」

彼女は顔を真っ青にしている。そして凪を睨みつけている。

「さて、臼杵よ――今ならまだ引き返せるぜ」

凪が穏やかに語りかける。

「確かに、おまえの言うことにも一理ある。統和機構に対抗するには、協力し合わなきゃならない、ってな――おまえは確かに、これまで悪いことを沢山してきたろうが、それを裁く法律はまだ、存在しない。だったら贖罪《しょくざい》も、自主的にやらなきゃならないだろうな――どうだ、良かったらそいつを、オレにも手伝わせてくれないか？」

「…………」

未央は苛立ちの極み、というような形相で凪を凝視している。

「……おまえの仲間になれ、とでも言うのか……？　許してやるから、手下になれ、と？」

「その選択もあるってことだ。さっきまでのオレとは違って、おまえにはその道があるんだからな」

「……ふざけるな。なんで私が、おまえごときの情けを受けなきゃならないんだ？　それに――」

未央は、視線を凪の背後に向けて、

「まだ終わったわけではない！　行け！　ギノルタ！」

と命じた。凪が振り返ると、さっき彼女が気絶させていた合成人間が立ち上がって、こっちに襲いかかってきていた。

〈シャドウプレイ〉の呪縛が一度解けても、もう一度、即、掛け直せば命令は可能なのだった。ただし深く掛けられた呪いの攻撃はなく、ギノルタのように本人自体が強くないと意味がない。

凪は、迫ってくるギノルタをそのまま待ち受ける。相手の眼には光がない。ただ機械的な攻撃衝動だけに精神を乗っ取られている。瞬間的な洗脳だとそれが限界なのだろう。これまで、この学校のあちこちで見られた暴力沙汰のときと同じだった。

「があああっ！」

喉から漏れる声も、人間の発声とは思えぬ野獣のような咆吼《ほうこう》だった。

その超人的なスピードとパワーが、なんの容赦もなく凪に叩きつけられる。

突進してきたギノルタを、ボロボロの凪は避《よ》けられない。両者は正面衝突して、凪は吹っ飛ばされた。

校庭に転がり、ズタズタな制服がさらにあちこち千切れ飛んで、見るも凄惨な姿になって、凪は、

「――――」

ふらふらと揺れながら、立ち上がる。

そしてギノルタは、凪に激突したそのときの姿勢のまま――立ったまま、再び気絶していた。

凪の手の中にあるのは、先刻の攻防のときにも使用していた電磁ロッドだった。ギノルタの強固な肉体でも防げない衝撃を加える武器を、凪はずっと持ったままだったのだ。

「今度は、囮じゃなかったぜ、ギノルタ――」

凪が呟くと、ギノルタの身体が、ぐら、と傾いて、地面に倒れ込んだ。

「………………」

凪は校庭を見回す。

もちろん、臼杵未央はとっくに逃げ出して、どこかに行ってしまっていた。

＊

(――なんか、校庭の方が騒がしい?)

新刻敬は、聞こえてきたざわめきに、読んでいた参考書から顔を上げた。

彼女は、校門の脇に置かれているパイプ椅子に腰掛けていた。風紀委員長なので、昼休みに生徒が勝手に出ていくのを監視している——という名目にはなっているが、指導教諭もいないのにそんなことをする必要などなく、ただ敬が昼休みに晴れて気持ちのいい野外でくつろぎたいだけだ。彼女は学校ではほぼ常に誰か周囲にいるので、少しぐらいは一人になりたいし、ここにいるなら誰にも文句を言われないですむという、かなり消極的な理由である。しかしこういう行為が、彼女が厳格な風紀委員長という風評を生む元になってもいる。

(なんだろ、急に——行ってみようか)

と彼女が腰を上げたところで、門の外から、

「あのう——」

という弱気な声が聞こえてきた。見ると、そこには一人の男子生徒が立っていた。なんだか全身、埃《ほこり》まみれで薄汚れている。

「あれ？　河上くん？」

それは今日はまだ、登校してきていなかった河上睦朗だった。そう言えば今朝、先生たちがなにか彼についてひそひそ話をしていたのを思い出す。ワケありな感じだった。

「ええと——なんか、その——遅刻、ですかね？」

もじもじしながら、彼は敬に話しかけてきた。様子が明らかにおかしい。

「どうしたの？　なにかあったの？」

「ええと——その、宮下さんは来てますかね？　変な格好してるかも、ですが——」

そう言われて、敬の顔色が変わった。

「ちょ、ちょっと——それって」

彼女は以前に、ブギーポップに遭遇したことがある。だからそれが大っぴらにすべきではない話題だと知っている。

「と、とにかく中に入って」

「で、でも校則違反じゃ」

「そんなこと気にしてる場合じゃないでしょうが。いいから！」

敬は学校敷地内に睦朗を迎え入れると、彼から話を聞いた。飛躍が多すぎてどうにも要領を得なかったが、とにかく宮下藤花が——つまりブギーポップが活動していて、臼杵未央を狙っている、みたいなことらしい。

「じゃあ、臼杵さんとブギ——宮下さんを捜しましょう」

「あ、あの……おれ、学校のあちこちにラクガキしてて、もしかして、その辺にいるかも」

「ラクガキ？　なんで？　そんなの見かけなかったけど——まあいいわ。そこに行ってみましょう」

二人はこそこそと、校門から塀沿いに、校舎の裏手へと向かった。

＊

（いったいどういうことなのか……？）

未央は、混乱の極みにあった。

なんとか霧間凪からの逃走には成功したが、これからどうすればいいのか、まるでわからない。そもそもどうして全校に張り巡らされていた〈シャドウプレイ〉が解除されてしまったのか？

（どうしてなんだ……そして、なんだか）

なんだか視界もおかしくなってきた。彼女に今まで視えていた〝影〟――それが妙に、大きくなっている気がする。人間がいる辺りに、ぼんやりと漂っているように感じていたのが、今は、

（なんでこんなに、どこもかしこも陰りばかりなんだ……？）

もはや夜になっているのか、と思えるほどに周囲が〝影〟に取り囲まれている。

（でも、とにかく何が起こったのかを知らなければ……木下哲也が行った先で何かがあったのなら……そこに行かなければ――）

と彼女が走って行くと、その前にひとつの姿が現れた。

それは彼女に視えている〝影〟の中に、半ば溶け込むようにして、立っていた。地面から伸びる筒のようなシルエット。

黒い帽子に、黒いマント。白い顔には黒いルージュ。

それは未央が、ずっと恐れていて、直に遭遇することをひたすらに避けてきた、その相手だった。

その人が一番美しいときに、それ以上醜くなる前に殺してくれる死神——そいつは、

「ブギーポップ……！」

一目で、そいつがそれだと理解していた。黒帽子は戦慄している彼女に向かって、首を傾けながら、

「やあ、シャドゥプレイ——やっと会えたね」

と言った。その声の、一切の威嚇のない平静さに、未央は、

（ぬ、ぬぬぬ……！）

と圧倒されていた。想像した通りだった。

（こ、こいつ……視えない……まったく〝影〟がない。宮下藤花ならいくらでも視えたのに

……それはつまり、こいつ自身が……）

ブギーポップ自体がそのまま〝影〟なのだろう。他の一般人がそいつを見るときと、未央が視るときと、そこに何の違いもない。同じものしか見えない。こいつを前にするとき、未央は

ただのふつうの人間でしかないのだろう。

（だ……だが！　私は既に手を打っている！）

彼女は無理矢理に口元を歪めて、不敵な笑いを形成して、

「おい――宮下藤花！　おまえの大事な恋人は、今頃どうなっていると思う？」

と言った。

「…………」

「おまえがいくら呪いを解除しても、もう遅いんだよ！　私が攻撃したのはその前なんだからな！　可哀想に、あいつはとっくに――」

と未央が喋っている途中で、黒帽子は首を左右に振って、

「君は、自分の友人を知らない」

と唐突に言った。未央が、え、と口ごもったところで、さらに言う。

「君は彼女のことを理解していなかったが、ぼくは結構、楽しくお喋りさせてもらったんでね――知っているんだよ、彼女が――南野梨杏が〝いいひと〟だってことは」

「り、梨杏？」

「君はたぶん、竹田くんが死ぬところを彼女に見せて、ショックを与えて、さらに深い呪いを掛けるつもりだったんだろうが――残念だったね。気配を探ってみるといい。君はこれまで、霧間凪に気を取られて、その確認を怠っていたようだが――」

言われて、未央はぎょっとした。それは竹田啓司や南野梨杏の気配を感知するとかしないとか、そういう次元ではなく——

（あ、あれ——できない、できないぞ——なんにも感知することができない！）

いつのまにか、そのやり方を喪失していた。これまで容易にできたことが、気がついたら不可能になっていた。

その彼女の表情を見て取ったか、黒帽子が静かに、

「君は、やっと気づいたようだな——自分自身が呪われていたことに」

と告げた。未央が顔を強張らせると、黒帽子はうなずいて、

「ずっと信じていたんだろう——自分は呪う方であって、呪われることはない、と。しかしその過信こそが、君が誰よりも呪われていたという証《あかし》。だいたいそれまで、能力を使うのにとても慎重だったはずの君が、突然にこんな大掛かりなパワー行使に踏み切ったのは何故だい？ぼくにはその理由がひとつしか思いあたらないね」

「う、ううう……」

「もしかして、楽になった気がしていたんじゃないのか。自分はプレッシャーから解放された、と信じたかったんじゃないのか。だがそういう心の隙間にこそ、呪いは染み込んでくるものだ、と——君は誰よりも知っていたはずなのにね」

「ううう……」

未央は、後ずさろうとして、足がもつれてその場に崩れ落ちてしまう。全身ががくがく震えていて、力が入らない。

（い、言うな……その先を言うな……！）

しかしその彼女の想いを踏みにじるように、黒帽子は容赦なく、その名を告げる。

「なあ——もしかして君は、水乃星透子が死んだくらいで、その影響力が完全に消失すると、本気で信じていたのか？」

未央の視界が、急速に暗くなっていく。辺り一面、すべてが〝影〟に覆われていく。ブギーポップですらその暗さの中に溶け込んでいって判別できなくなる。そして彼女は、とうとうその真実に到達する。

（これは——私の、なのか——私の〝影〟——私の呪い——それがとうとう私自身にまで——ああ……）

闇に落ちていく彼女の心に、最後に黒帽子の声が響いてきた。

〝これは、君のせいではない——だが、それこそが君の問題点だったんだよ。もし、もう一度やる気になったら——今度こそ、最初からぼくと戦う気でくるんだね。陰から呪うのではなく……〟

そして漆黒が何もかも塗りつぶす。これまで様々な心を上書きしてきた〈シャドゥプレイ〉は、自らの陰りによって、消滅した。

*

「――あっ！」

新刻敬は、校舎の裏でへたり込んでいる臼杵未央を見つけて、声を上げた。彼女についてきていた河上睦朗もその姿を目にして、

「う、臼杵さん！」

と呼びかけて、彼女のところに駆け寄った。すると未央は、

「………」

と彼らにうつろな眼を向けてきて、そして……突然に大声で泣き出した。

わんわんと、それはまるで赤ん坊が生まれたときのような勢いの泣き方だった。

二人はびっくりして、思わず立ち止まってしまう。しかし未央はそのまま、うつろな眼から涙を流し続け、声を上げ続けた。

「こ、これは……」

敬は、未央の表情に苦悶《くもん》がないので、どういう感情なのかわからず、困惑した。睦朗はおそ

るおそる彼女に近づいていって、

「あ、あの——泣かないで……」

と話しかけたが、未央は返事をせずに、ずっと泣き続けている。

敬はとりあえず、彼女の肩に手を乗せて、かるく揺すってみたが、反応がない。どうしよう、と彼女が思っていると、そこにもう一人、ふらふらと歩いてくる者がいる。

「あれ、睦朗……？」

ぼんやりした声で話しかけてきたのは、木下哲也だった。

「……どこに行ってた？　おまえは……」

哲也の様子もなんだかおかしい。睦朗は困惑しながら、

「い、いや……哲也、おまえこそどうしたんだ？　顔色が悪いぞ。真っ青じゃないか」

「おれ？　おれは……」

哲也も、未央と同じようなうつろな眼をしている。そして空に視線をさまよわせて、

「おれは……何を見たんだったっけ。誰かと会っていたような……誰だっけ……」

と、ぶつぶつ言っている。何が何だか、敬と睦朗には理解不能で、絶句していると、そこに声が聞こえてきた。

〝彼らは心配ないだろう。呪いが抜けて、ショック状態になっているだけだ。いずれ元に戻るよ〟

それは、二人ともに聞き覚えのある声だった。

「な、なに？」

敬が辺りをきょろきょろ見回しながら呼びかけるが、その姿はどこにも見つからない。ただその声だけが、

〝君たちも、なかなか整理が付かないだろうが――そんなに簡単に割り切れるものじゃないから、気にしない方がいい〟

と響いてくる。

「ちょ、ちょっと――何の話よ？　呪いって何のこと？　この学校で何が起こってるの？」

敬の悲鳴のような問いかけにも、声は淡々とした調子で、

〝とりあえず、今回の学校の怪談はこれでおしまいさ。世を呪い、業を呪い、そして運命を呪う。人間ってのはそうやって自他問わずに無数の呪いに取り囲まれて生きているんだ。ひとつの呪いだけでどうにかしようなんて考えが甘かった、ってだけの話だよ、結局は――〟

と囁いてきて、そして気配は口笛の音色と共に、遠ざかっていった。

……そして、この日以来、深陽学園で囁かれていた呪いの噂はどんどん下火になっていき、半月後にはもう、誰ひとり語る者はいなくなっていた。かくしてほとんどの生徒が被害者であり、同時に加害者ともなった事件は、人知れず解決した。

入院していた向居準一は、意識を取り戻したときには他の生徒たち同様、事件のあらましの記憶をすべて失っていて、研究対象としても役に立たないということであっさり解放された。道ばたで意識不明で倒れていたところを救助されて、身元がわかるまで時間が少し掛かった、という体で処置され、それを疑う者は本人も含めていなかった。

生成亮も、自分が向居を利用していたことを忘れてしまって、学校ですれ違うことがあっても、互いに視線を向けることさえない。彼らにはただ、相変わらず学校一の不良、霧間凪を今でも畏れているという共通点があるだけだった。生成はいつのまにかお祓いさんという名を使うのもやめてしまっていて、それを自分でも意識しなかったし、誰からも何も言われることはなかった。

ギノルタ・エージは、あの戦闘後に意識を回復したとき、自分が何者かと交戦したことだけはわかったものの、その正体も目的も不明であることから、保身のために「すべて異常なし」という報告を統和機構にせざるを得なかった。学園そのものを破壊しようとまで言っていたことは〝なかったこと〟とされて、この学園に対する機構のマークはほぼゼロに戻された。ただ……ギノルタの内心で、末真和子という少女に対する奇妙な意識だけが、記憶の澱《おり》の底にこびりついて、どうしてもぬぐえないまま残されたが、それこそ報告されたり他人に語られたりすることのない秘密だった。

だが、その彼と同行して、深陽学園の周辺まで来ていた者は……。

*

……今日もまた、南野梨杏は徒歩で学校から自宅へ帰る。ほとんどの生徒が利用するバス通学ではなく、自分の足で山道を登ったり下りたりしている。

そして、その途上で梨杏は、あの鏡――カーブミラーのところに差し掛かると、ちょっと速度が落ちる。

「…………」

いつもはそれでも、すぐに足取りが戻るのだが、その日はなんだか、ふう、と一息ついてしまった。すると、

「どうしたの？」

と横から訊かれた。一緒に登下校している友人――臼杵未央である。

「ううん、なんでもない」

「よく梨杏、あの鏡を見るよね。なんかあるのかな」

「どうだろ――意識はしてないと思うけど。なんかあるのかな？　それこそ呪いに掛かってる、とか」

と梨杏が言うと、未央は顔を青くして、

「や、やめてよ――私そういう話苦手なのよ。呪いとか、せっかくみんなが最近言わなくなってきてるんだから――」

と震えて抗議してきた。梨杏は笑って、

「ごめんごめん。でもさ、未央って前からそんなに恐《こわ》がりだったっけ。ちょっと前までは平気でそういう話をしてなかった？」

「そうかも知んないけど、今は怖いのよ。なんか半月ぐらい前から、急に怖くなってきて。とにかくやめて」

「悪かったよ。でもさ、それってアレじゃない。受験のプレッシャーで、縁起の悪いこと全部怖くなってんじゃないの」

「うーっ、それも言わないでよ――でも、そうかもね」

「もうほとんどの二年生は予備校に行ってるしね。私たち、どうしようか」

「冬期講習は行くつもりだけど、その後よね、問題は――」

二人が和気藹々と話し込んでいると、そのカーブミラー――鏡に映り込む人影が現れた。

フランス人形のような、可愛らしい外見をしていた。それが突然、歩道にぽつん、と現れたように見えた。

「――い？」

梨杏と未央はびっくりして、その少女の方を振り向いた。鏡の中だけでなく、実際の路上にもちゃんと立っている。

「私はカチューシャ」

少女の姿をしたそいつは、可愛らしい響きの、しかしドスの利いた迫力ある声で話しかけてきた。

「おまえ——臼杵未央だな?」

指差して、指摘してくる。未央が眼を丸くしていると、さらに、

「十三日前に、おまえは駅前のビルに入っていっただろう。監視カメラに映っていた。そのビルには、ギノルタ・エージもその後に立ち寄っている。生成亮もだ。おまえ、あいつらと何を話した? 取引でもしたのか?」

と詰問してくる。その眼にはずっと鋭い光がみなぎっている。

「そ、そんなこと言われても——覚えてないよ、いちいち」

「あ、あなたなんなの? 鬼乗汰、ってあの、前に学校に来てた警察の人?」

二人はおろおろしてしまうが、カチューシャは容赦なく、

「ギノルタが急にビビって、引っ込んだ理由が知りたい——あいつは、誰かにやられたのか? だとしたらそいつは何者だ?」

と言いながら、彼女の両手がゆっくりと挙がっていく。そしてその指先が、ちょい、と動いた瞬間、梨杏と未央の身体が見えない力に圧されて、二人ともぺたん、と尻餅をついてしまっ

た。そして、そこから動けない。押さえつけられている。

「——え？」

「な、なにこれ……？」

「おまえたちを殺すことなんて、いつでもできるんだぞ——素直に、ギノルタについて知っていることを残らず話せ」

「そ、そんな——」

と二人が動揺しているところに、坂の上の方から、

「ちょっと、どうかしたの？」

という声と、足音が聞こえてきて、少女が二人、駆け下りてきた。

末真和子と、宮下藤花だった。

「鬼乗汰、って聞こえたけど——まだあの人、なんかしてるの？」

末真がカチューシャを睨みつけながら言うと、梨杏と未央に加えられていた圧力が消えて、二人はふらふらと立ち上がった。

「おまえはなんだ？」

カチューシャに問われて、末真は、

「鬼乗汰をこの学校から追い返したのは、わたしよ」

と答えた。カチューシャは訝しげな顔になり、

「おまえが？　ただの女子高生だろう？」

「あなただって、ずいぶんと可愛らしい姿だけど。なんでそんなに偉そうなの？」

末真が即、言い返すと、その横から藤花が、

「そうよそうよ、末真に言われて、反論できるヤツなんて誰もいないんだからね」

と野次ってきた。肩から掛けているスポルディングのバッグが動く度に左右に揺れる。

この二人は、このところ仲が良い。学校ではなく、予備校で親しくなってから意気投合し、一緒に行動することが多い。今日も、末真がたまには歩きたいな、と言ったので藤花もそれに付き合ってここまで来たのだった。

「ほんとうか？」

とカチューシャは梨杏たちに眼を向ける。彼女は困惑しながらも、

「え、えと——そういう噂はあるけど……末真博士が、みんなの前で鬼乗汰栄二を追い返して、喝采を浴びたって……私は見てないけど……」

と答えた。カチューシャはますます不審そうな顔になり、末真を睨みつけて、

「おまえ……ヤツに何を言ったんだ？」

と訊ねた。末真を肩をすくめて、

「たいしたことは言っていないわ。ただ〝どこにも辿り着けない〟んじゃないか、とか言ったら、そのまま引っ込んだのよ」

と言った。それはギノルタの偽装された身分証についての話だったが、これを聞いて、カチューシャも、

「…………！」

と顔が強張った。

「それを……アイツに言ったのか？」

「そうだけど。だって彼の態度、あからさまに胡散臭かったし」

「…………」

カチューシャは、やや気味が悪いものを見るような眼で、末真和子を見つめた。

（こいつ……ギノルタの〈ノー・ブルース〉のことを知っているのか？　アレが私たち部下から〝真実に辿り着かせない能力〟と呼ばれているのを……いや、そんな馬鹿な）

ただ……少しだけスカッとする爽やかさを感じざるを得ない自分を、カチューシャは発見していた。

（直に言ってやったのか、こいつ……あのいけ好かない陰険で陰湿なねじくれ野郎に、おまえも辿り着けないんだぞ、って……）

「ふふっ――」

気がついたら、微笑んでしまっていた。末真が眉をひそめると、カチューシャは、ふう、と息を吐いて、

「まあ、いいか——嘘を言ってる様子もないし、ここはそれで納得してやるよ。ああ——それから、私の方はおまえを忘れないけど、そっちは私のことは今すぐ忘れた方がいいぞ。他人に言いふらしたりすると、良くないことが起きるかもな——うふっ」

と笑うと、きびすを返して、すたすたと足早に去って行った。

「ち、ちょっと——」

と末真が追いかけようとしたが、曲がった道の先に行ったら、もうその姿はどこにも見えなくなっていた。まるでお化けか煙のように消失してしまっていた。

「な、なんなの——？」

末真が茫然としている後ろで、宮下藤花が梨杏と未央の二人に、だいじょうぶ？　とか話しかけながら、彼女たちの腰についた土埃《つちぼこり》を払ってやったりしている。

「ど、どうも——」

「そういや南野さん、こないだ竹田先輩を助けてくれたんだってね。ありがとう」

「あ、いや——それは、その……」

梨杏が非常に気まずそうな顔をしている横で、臼杵未央は、

「………」

と眼を宙にさまよわせて、ぼんやりしていた。

そんな彼女に、藤花が、

「どうかしたの」

と訊いた。彼女は、はっ、と我に返って、

「ああ……いや、ちょっと驚いちゃって。うん、それだけ――」

と返事をした。藤花はそれにうなずきつつ、ちら、と視線を上に向ける。

道路脇のカーブミラーを――その鏡を見上げる。

そこに映っている臼杵未央の、その姿は妙に、二重にブレていて――その赤い線で縁取られたブレの方だけが、その視線が宮下藤花に向いている。両者の眼が、正面から噛《か》み合《あ》う。

〝…………〟

（…………）

誰にも聞こえない声が、どこからともなくそいつの耳元にだけ響く。

〝惜しかったね――あのお人形さんが手を出して、未央が死んだら――呪いがまた表に出てこられたのに〟

（そうかい。でも、そうはならなかったな）

〝おまえも同じよ、ブギーポップ――おまえという呪いも、いつかは私と同じように、世界に溶け込んでしまって、他と区別が付かなくなる。いずれ我々は一体になるのよ。そうなったらもう――水乃星透子を怖がる必要もなくなる。みんながみんな、あいつと同じになる――敵などほんとうはどこにもいない。ただ、自分たちの影が在るだけなのだから――〟

鏡の中のそれと、宮下藤花の顔をしたそいつと、他の者からしたらほんの一瞬の時間だけ目配せし合って、そして——赤い幻影が、にやり、と笑って——失せる。

誰にも届かない小声で、残された方が呟く。

（影はどこにも行かない——人間が存在する限り、ずっと世界を陰から呪い続けている、か——）

その声が聞こえたはずもない末真が、みんなの方に振り返って、

「なんか——消えちゃった。どうなってるのかな。訳わかんないよ。これからどうしようか？」

と訊いてきたが、誰もそれに答えることはできなかった。

陽が傾きかけている空では、かすれ気味のうろこ雲が早足で流れていき、山道に不揃《ふぞろ》いでまだらな濃さの影を落としていく。

〝Boogiepop In Curse〟closed.

あとがき――己を呪わば、穴はいくつ要るか

　僕はかなりマイナス思考の人間で、すぐに「俺はもうダメだ」とか「俺なんてどうせ」とか思いがちなのであるが、どうしてそんな風に思うようになったかというと、まあ子供時代にあんまり自分の思うように物事が運ばなかったという経験をしすぎたせいであるが、ではもっと昔はそんなことなかったかというと、これが思い出せない。いつからそういう感覚に陥っていたのか、その最初の挫折を記憶していない。だから逆に、人生で「あのときああしていれば」みたいな明確な後悔も少ない。ないこともないが、でも「どうせ無理だった」と割り切れてしまう気もする。これは決して良い傾向ではない。前向きに発想ができないと必要以上に壁にぶつかって、無駄な疲労を招いてしまい、実に効率が悪い。なんとかならないかと思うが、今はどうしようもなさそうである。いったい何が悪いのか。なにかに呪われてるんじゃないか。

　しかし実際のところ、呪いというのは単なる責任転嫁でもある。本当の原因から目を背けて、もっと別の、自分にとって受け入れやすい理由をでっち上げて、それに固執することで真の苦

しみから逃れようとするものだ。ただ、ここで問題なのは、真の原因を見つめようが、呪いのせいにしようが、結局その人の苦しみそのものは消えてくれないという事実である。責任、といったが、世の中の苦難の大半は、別に誰の責任でもなく、ただ不条理に、理不尽に降りかかってくるもので、それを回避することは誰にでもできることではなく、責任を被せる都合の良い相手もそうそういない。だから呪いとか祟りとかは、大抵どうしようもない相手——つまり死んだ人間の怨念とか、そういうものに押しつけられる。向こうから文句を言われる心配はない。死人はもう何も言わないから。

僕の子供の頃の息苦しさは、きっと世間的にはみんな「自業自得《じごうじとく》だ」と言うんだろうなあと思う。未熟で弱くてそのくせ傲慢だったおまえ自身が悪かったのであって、だから反省して、今は作家にもなれたんじゃないかとか、したり顔で説教されそうだ。僕にとって過去はもう変えられない遠い事実であって、それはある意味では、既に死んでいる。昔には戻れないし、昔の僕はもう何も言えない。当時の本音は曖昧で適当につじつまを合わされた記憶の中で微妙に、決定的に改変されてしまって、真の姿はどこにもない。だからそれについて考えると、自然と呪いとほとんど同じものになってしまう。もはや存在しない影に向かって、アレが悪かったんだ、諸悪の根源だ、と指差して、今の自分に続く心のモヤモヤを晴らそうとする行為だ。僕はずっと自分を呪っているのと同じことをしている。だからマイナス思考に陥っている。しかし

——とも思う。果たして僕は、この呪いを解いた方が良いのだろうか？

人を呪わば穴二つという言葉がある。他人を呪うのは結局は自分の害になるから、その相手と自分と墓穴を二つ掘るようなものだと、要は憎しみ合っても何にもならないよ、という人生訓に過ぎない。何の間違いもないんだが、そんなんで済んだら、呪いなんて最初から必要ないだろとも感じる。人類の文化で呪いとは無縁に発展したものなど一例もないだろう。だからこそ近代の社会では例外なく呪いを禁忌として排斥し続けているのだから。しかしそれが完全に絶えた例もまた存在しない。人は呪いと共に生きている。それはあまりにも世の理不尽が巨大すぎて、そこそこの科学やら文明やら叡智《えいち》といった小賢しい屁理屈《へりくつ》程度ではどうにもならないからだろう。だがその不条理を本当にどうにかしようとしたら、その不幸を呪って消滅させたいと思ったら、いったいどれくらいの穴を掘らなきゃならないのか——自分を呪った程度では話にならないことだけはわかりますがね。あーあ。さすがに面倒になってきたんで、以上。

(と言いながら占いとかおまじないとか全然信じてないんだよな、子供の頃から)
(さすがに無責任ですが、まあいいじゃん)

BGM〝Tubular Bells Part1〟by Mike Oldfield

◉上遠野浩平著作リスト

「ブギーポップは笑わない」（電撃文庫）
「ブギーポップ・リターンズ　VSイマジネーターPart1」（同）
「ブギーポップ・リターンズ　VSイマジネーターPart2」（同）
「ブギーポップ・イン・ザ・ミラー「パンドラ」」（同）
「ブギーポップ・オーバードライブ　歪曲王」（同）
「夜明けのブギーポップ」（同）
「ブギーポップ・ミッシング　ペパーミントの魔術師」（同）
「ブギーポップ・カウントダウン　エンブリオ浸蝕」（同）
「ブギーポップ・ウィキッド　エンブリオ炎生」（同）
「ブギーポップ・パラドックス　ハートレス・レッド」（同）
「ブギーポップ・アンバランス　ホーリィ＆ゴースト」（同）
「ブギーポップ・スタッカート　ジンクス・ショップへようこそ」（同）

「ブギーポップ・バウンディング　ロスト・メビウス」（同）
「ブギーポップ・イントレランス　オルフェの方舟」（同）
「ブギーポップ・クエスチョン　沈黙ピラミッド」（同）
「ブギーポップ・ダークリー　化け猫とめまいのスキャット」（同）
「ブギーポップ・アンノウン　壊れかけのムーンライト」（同）
「ブギーポップ・ウィズイン　さびまみれのバビロン」（同）
「ブギーポップ・チェンジリング　溶暗のデカダント・ブラック」（同）
「ブギーポップ・アンチテーゼ　オルタナティヴ・エゴの乱逆」（同）
「ブギーポップ・ダウトフル　不可抗力のラビット・ラン」（同）
「ブギーポップ・ビューティフル　パニックキュート帝王学」（同）
「ブギーポップ・オールマイティ　ディジーがリジーを想うとき」（同）
「ブギーポップは呪われる」（同）
「ブギーポップは笑わない」（KADOKAWA）
「ブギーポップ・リターンズ　VSイマジネーターPart1」（同）
「ブギーポップ・リターンズ　VSイマジネーターPart2」（同）
「夜明けのブギーポップ」（同）
「ブギーポップ・オーバードライブ　歪曲王」（同）
「ビートのディシプリン　SIDE1」（同）

「ビートのディシプリン　SIDE2」（同）
「ビートのディシプリン　SIDE3」（同）
「ビートのディシプリン　SIDE4」（同）
「冥王と獣のダンス」（同）
「機械仕掛けの蛇奇使い」（同）
「ヴァルプルギスの後悔　Fire1.」（同）
「ヴァルプルギスの後悔　Fire2.」（同）
「ヴァルプルギスの後悔　Fire3.」（同）
「ヴァルプルギスの後悔　Fire4.」（同）
「螺旋のエンペロイダー　Spin1.」（同）
「螺旋のエンペロイダー　Spin2.」（同）
「螺旋のエンペロイダー　Spin3.」（同）
「螺旋のエンペロイダー　Spin4.」（同）
「ぼくらは虚空に夜を視る」（徳間デュアル文庫）
「わたしは虚夢を月に聴く」（同）
「あなたは虚人と星に舞う」（同）
「殺竜事件」（講談社ノベルス）
「紫骸城事件」（同）

「海賊島事件」（同）

「禁涙境事件」（同）

「残酷号事件」（同）

「無傷姫事件」（同）

「彼方に竜がいるならば」（同）

「酸素は鏡に映らない　No Oxygen, Not To Be Mirrored」（同）

「私と悪魔の100の問答　Questions & Answers of Me & Devil in 100」（同）

「戦車のような彼女たち　Like Toy Soldiers」（同）

「酸素は鏡に映らない」（講談社ミステリーランド）

「紫骸城事件　inside the apocalypse castle」（講談社タイガ）

「海賊島事件　the man in pirate's island」（同）

「しずるさんと偏屈な死者たち」（富士見ミステリー文庫）

「しずるさんと底無し密室たち」（同）

「しずるさんと無言の姫君たち」（同）

「騎士は恋情の血を流す」（富士見書房）

「ソウルドロップの幽体研究」（祥伝社ノン・ノベル）

「メモリアノイズの流転現象　ソウルドロップ奇音録」（同）

「メイズプリズンの迷宮回帰　ソウルドロップ虜囚録」（同）

「トポロシャドゥの喪失証明　ソウルドロップ彷徨録」（同）
「クリプトマスクの擬死工作　ソウルドロップ巡礼録」（同）
「アウトギャップの無限試算　ソウルドロップ幻戯録」（同）
「コギトピノキオの遠隔思考　ソウルドロップ孤影録」（同）
「パンゲアの零兆遊戯」（祥伝社）
「恥知らずのパープルヘイズ　―ジョジョの奇妙な冒険より―」（集英社）
「恥知らずのパープルヘイズ　―ジョジョの奇妙な冒険より―」（JUMP j BOOKS）
「クレイジーDの悪霊的失恋　―ジョジョの奇妙な冒険より―」（同）
「ぼくらは虚空に夜を視る」（星海社文庫）
「わたしは虚夢を月に聴く」（同）
「あなたは虚人と星に舞う」（同）
「しずるさんと偏屈な死者たち」（同）
「しずるさんと底無し密室たち」（同）
「しずるさんと無言の姫君たち」（同）
「しずるさんと気弱な物怪たち」（同）
「騎士は恋情の血を流す　The Cavalier Bleeds For The Blood」（同）
「製造人間は頭が固い」（ハヤカワ文庫JA）
「憎悪人間は怒らない」（同）

本書に対するご意見、ご感想をお寄せください。

ファンレターあて先
〒102-8177　東京都千代田区富士見2-13-3
電撃文庫編集部
「上遠野浩平先生」係
「緒方剛志先生」係

本書は、「電撃ノベコミ+」に掲載された『ブギーポップは呪われる』を加筆、訂正したものです。

電撃文庫

ブギーポップは呪《のろ》われる

上遠野浩平《かどのこうへい》

2023年９月10日　初版発行

発行者　山下直久
発行　株式会社KADOKAWA
〒102-8177　東京都千代田区富士見2-13-3
0570-002-301（ナビダイヤル）
装丁者　荻窪裕司（META＋MANIERA）
印刷　株式会社暁印刷
製本　株式会社暁印刷

ISBN978-4-04-915264-7　C0193　Printed in Japan

電撃文庫　https://dengekibunko.jp/

電撃文庫DIGEST　9月の新刊

発売日2023年9月8日

魔王学院の不適合者14〈上〉
～史上最強の魔王の始祖、転生して子孫たちの学校へ通う～

著／秋　イラスト／しずまよしのり

世界を滅ぼす《銀滅魔法》を巡って対立する魔弾世界とアノスたち。事の真相を確かめるべく、聖上六学院の序列一位・エレネシアへ潜入調査を試みる――!!　第十四章《魔弾世界》編、開幕!!

ブギーポップは呪われる

著／上遠野浩平　イラスト／緒方剛志

県立深陽学園で流行する「この学校は呪われている」という噂は、生徒のうちに潜む不安と苛立ちを暴き暗闇へ変えていく。死神ブギーポップが混沌と無情の渦中に消えるとき、少女の影はすべてに牙を剥く――

はたらく魔王さま!　ES!!

著／和ヶ原聡司　イラスト／029

真奥がまさかの宝くじ高額当選!?　な日常ネタから恵美たちが日本にくる少し前を描いた番外編まで！『はたらく魔王さま！』のアンサンブルなエントリーストーリー！

ウィザーズ・ブレインX
光の空

著／三枝零一　イラスト／純 珪一

天樹錬が世界に向けて雲除去システムの破壊を宣言し、全ての因縁は収束しつつあった。人類も、魔法士も、そして大気制御衛星を支配するサクラも見守る中、出撃の準備を進める天樹錬と仲間たち。最終決戦が、始まる。

姫騎士様のヒモ5

著／白金 透　イラスト／マシマサキ

ギルドマスター逮捕に揺れる迷宮都市。彼が行方を知るという隠し財産の金貨百万枚を巡り、孫娘エイプリルにも懸賞金がかかってしまう。少女を守るため、ヒモとその飼い主は孤独に戦う。異世界ノワールは第2部突入！

怪物中毒3

著／三河ごーすと　イラスト／美和野らぐ

街を揺るがすBT本社CEO危篤の報。次期CEOの白羽の矢が立った《調薬の魔女》・蛍を巡り、闇サプリをキメた人獣や古の怪異が襲いかかる。零士たちはかけがえのない友人を守り抜くことはできるのか？

飯楽園―メシトピア―
新作　**崩食ソサイエティ**

著／和ヶ原聡司　イラスト／とうち

ジャンクフードを食べるだけで有罪!?　行き過ぎた健康社会・日本で食料国防隊に属する少女・矢坂ミトと出会った少年・新島は、夢であるファミレスオープンのため「食」と「自由」を巡り奔走する！

ツンデレ魔女を殺せ、と女神は言った。
新作

著／ミサキナギ　イラスト／米白粕

異世界に転生して聖法の杖になった俺。持ち主の聖女はなんと、長い銀髪とツリ目が特徴的な理想のツンデレ美少女で大歓喜！　素直になれない"推し"とオタク。それは異世界の命運を左右する禁断の出会いだった――？

レプリカだって、恋をする。

Even a replica falls in love

榛名丼

［イラスト］raemz

16歳、夏。はじめての、青春。

愛川素直という少女の身代わりとして働く分身体《レプリカ》、それが私。本体のために生きるのが使命……なのに、恋をしてしまったんだ。

海沿いの街で巻き起こるちょっぴり不思議な青春ラブストーリー。

応募総数4,128作品の頂点

第29回 電撃小説大賞 大賞 受賞作

電撃文庫

第29回
電撃小説大賞
金賞
受賞作
夢の中で「勇者」と称えられた少年少女は、
美しき女神の言うがまま魔物を倒していた。
――その魔物が〝人間〟だとも知らず。
勇者症候群
Hero Syndrome
［著］彩月レイ
［イラスト］りいちゅ
［クリーチャーデザイン］劇団イヌカレー（泥犬）
少年は《勇者》を倒すため、
少女は《勇者》を救うため。
電撃大賞が贈る出会いと再生の物語。
電撃文庫

Dating agency
クセつよ異種族で行列ができる結婚相談所
～看板ネコ娘はカワイイだけじゃ務まらない～
五月雨きょうすけ
ill. 猫屋敷ぷしお
見習い秘書係のネコ娘、今日も頑張っています!
第29回 電撃小説大賞 受賞作
電撃文庫
特設サイトをcheck!!
STORY
訪れるのはワケあり相談者ばかり?
異種族同士の婚活って大変なんです!
ドタバタ婚活ファンタジー、はじまります!!
電撃文庫

悪徳の迷宮都市を舞台に
一人のヒモとその飼い主の生き様を描く
衝撃の異世界ノワール
第28回
電撃小説大賞
大賞
受賞作
姫騎士様のヒモ
He is a kept man
for princess knight.
白金 透
Illustration
マシマサキ
姫騎士アルウィンに養われ、人々から最低のヒモ野郎と罵られる
元冒険者マシューだが、彼の本当の姿を知る者は少ない。
「お前は俺のお姫様の害になる——だから殺す」
エンタメノベルの新境地をこじ開ける、衝撃の異世界ノワール！
電撃文庫

MONSTER HOLIC
怪物中毒
PICK UP!
超人気作家
三河ごーすと
が贈る原点回帰にして
最新の
ダークファンタジー!
AUTHOR
三河ごーすと
ILLUST
美和野らぐ
怪物以上人間未満の
少年少女たちが
《官製スラム》の夜を駆ける——!
MONSTER HOLIC
Introduction: Infinite resul
1st chapter: Hit-and-run
電撃文庫